我与父輩

父を想う

ある中国作家の自省と回想

河出書房新社

飯塚容 訳

Yan Lianke

閻連科

まえがき

ある瞬間、私はついに理解した。父の世代の生涯における苦労と努力、不幸と温情は、すべて生きるため、生きる糧を得るため、そして年老いて死ぬためにあったのだ。

二〇〇七年の十月一日、この国の人たちがこぞって建国を祝い、歓喜が洪水のように津々浦々にまで及んでいたとき、私は何度も電話を受け、至急実家へ帰るように促された。六十九歳の叔父が急逝したという。北京から河南省の嵩《ソン》県へ葬儀に駆けつける途上、私はハッと気づいて、背筋が冷たくなった。父の世代は四人のうち、父の従弟が一人健在なのを除いて、父を含めた三兄弟がこの世に別れを告げた。私たち下の世代を残して、この俗世をあっさり離れ、静けさを求めて別の世界へ行ってしまった。

翌日の深夜、私は白い祭壇の前にひざまずき、棺桶に入った叔父に付き添っていた。外では月とまばらな星が輝き、風は弱く樹木も揺れていない。村全体が叔父の死を悼んで、呼吸を止めているかのようだ。この極度の静けさの中で、まだ起きていた従妹が叔父の前へ行き、燃え尽きそうな線香を新しいものと交換した。そして私のところへ戻ってきて、つらそうに言った。

「連科《リエンコー》兄さんは本をたくさん出しているのに、どうして家のことを書かないの？」

「お父さんの世代はみんな亡くなったんだから、三兄弟のことを書きなさいよ」

「自分のこと――子供時代のことも書いて」

そのとき、私は従妹の言葉に即答しなかったが、うすうす気づいてはいた。私の創作は彼らと何の関係もないらしい。彼らの世界にとって、重要なものでもないらしい。この瞬間、私は自分の創作にやましさと不安を感じた。無知と無念を感じた。私は彼らのために――父の世代、兄弟姉妹たち、甥《おい》や姪《めい》たちのために、何か書かなければならない。少しでもいい。うまく書けないとしても、彼らが気にしているのであれば。私はあれこれと、日夜考え続けた。父の世代の人生と運命を探究し、私の少年時代と幼年時代にさかのぼり、その当時の痕跡と塵埃《じんあい》を追い求めた。そして、ある瞬間、私はついに理解した。父の世代の生涯における苦労と努力、不幸と温情は、すべて生きるため、生きる糧を得るため、そして年老いて死ぬためにあったのだ。すべては生きる糧を得るために味わった苦楽であり、年老いて死ぬ過程での奮闘と痛みだった。こうして私は考えたあげく、彼らがいかにして生活の糧を得たか、いかにして年老いて死んだかを書くことに決めた。なぜなら、彼らのしがない人生は、この世で生活の糧を得るため、年老いて死ぬためのものだから。それなら、世俗的な人生を書くことにしよう。よくよく考えてみれば、生前の彼らが生活の糧を追い求めたように、現在あの土地に生きる人たちも生活に汲々としている。生活の糧を求め、年老いて死ぬ運命から誰が逃れられるだろう？　そのためにこそ、我々多くの人間はこの世に生まれ、また去って行くのだ。

それを捨てたら、我々に何が残るだろう？

目次

父を想う　ある中国作家の自省と回想

第一章　私の時代

1　小学校

時代は記憶とともに残る。過ぎ去ってもなお記憶に深く刻まれている時代がある一方、ありふれた時代は流れる雲のように、風雨が過ぎれば跡形もなく消えて、わずかに残り香がするだけだ。

たとえば、私は新暦の生年月日を知らないし、何年何月から勉強を始めたかもわからない。家は中原《ちゅうげん》の片田舎にあり、両親はふだん、旧暦で年月を数えていた。たまに新暦を持ち出すと、村人たちはみなポカンとしてしまう。中国の農村における時間は、破り取った日めくりの紙のようなものだ。何らかの事件があってこそ、時間は存在する。事件は時代のしるしであり、老人の顔の皺《しわ》に刻まれた歳月のようなものである。

あの年が存在するのは、私が下の姉と一緒に、村はずれの廟《びょう》にあった小学校で勉強を始めたからだ。

その年、一年から二年への進級試験があり、私は国語が六十一点、算数が六十二点だった。六十点以上は合格で、進級できる。この点数に力を得て、私は幸運にも進級のハードルを越えることができた。しかし、この点数に私は多少の屈辱と不安を感じ、両親や村の人たちに顔向けできないと思った。私はうすうす気づいていた。私の点数の低さは、同じクラスの姉の点数が高いことに起因している。姉は国語も算数も、八十点以上だった。仮に姉の点数が私より低ければ、もちろん私のほうが注目されて、優秀だと思われただろう。

理の当然で、姉の高得点がなければ、弟の低得点は目立たなくなる。

私は姉をねたむようになった。

両親の前では、末っ子の特権を使い、姉の悪口を言った。姉の持ち物を隠したこともある。姉は自分がなくしたと思って、あちこち探したが、見つからなかった。両親が姉を叱《しか》り、姉が泣き出すと、私はようやく心配しているふりをして、どこからか遺失物を見つけ出してくるのだった。

二年生の授業が始まる前、寒い冬の日、旧暦の正月十五日が過ぎたころに、姉のカバンがなくなった。姉が大汗をかいて探し、あやうく母に叩かれそうになったとき、私は姉のベッドの枕元から、苦労を装いつつ、じつは簡単にカバンを見つけ出した。カバンを目にして、姉は私を疑い始めたが、確証がない。言い争いのあげく、姉は仕方なく謝礼として、私に一角（一元の十分の一）の紙幣をくれた。

私はその一角で、屋台のお焼きを買って食べた。いま思い出しても、その味は言葉で表せないほどすばらしかった。

お焼きがどんなにおいしくても、勉強は続けなければならない。私は二年生でまた、姉と同じクラスになることを恐れた。そうなれば、きっと理由のない圧力を感じるだろう。それで私は授業開始の日、なかなか学校へ行こうとしなかった。学校の外で、いつまでもぐずぐずしていた。相手を恐れてリングに上がろうとしない弱気なボクサーが、リングの下で意外な幸運を待ち望むように。

果たして、願いは通じた。

その日の朝は、明るい日差しが冬の名残の雪を照らしていた。全世界のまばゆさを映し出す鏡のようだ。先生と生徒たちは、校庭の雪かきをしてから教室に入った。しばらくして、授業開始の鐘がせわしなく鳴ったので、ようやく私はのろのろと教室の入口へ向かった。ちょうどそのとき、すらりとした女の先生が現れた。その細身の体は、人をうっとりさせる魅力に満ちている。彼女は近づいてきて私の名前を尋ねたあと、私を別の教室に連れて行った。私は彼女のクラスに移り、姉とは分かれて勉強することになった。それは二人がお互いに勉強に励み、レベルを上げるためだという。

当時、私は神に感謝することを知らず、運命と人生において偶然や幸運がいかに大切かも理解していなかった。私はただ、女の先生が洞察力にすぐれている、季節を告げる風のように心やさしい人だと思った。学校と教育に対する感謝の気持ちが、信じられないほど急に湧き上がった。暖かい日差しを浴びたように、私の心の世界は広がり、明るく清らかになった。一生涯の幸運が、その日から始まったらしい。同時に不幸の種も、その時代にまかれたのだった。

あの時代の幕開け後の最初の場面は、その日のある情景だ。

先生は私を教室へ連れて行き、一列目の中央にすわらせた。同じ机の隣の席の生徒は奇跡的に、男の子ではなく、また田舎娘でもなかった。彼女は色白で身なりの整った、まるで西洋人形のような、ぽっちゃりした女の子だった。それだけでも十分なのに、もっと重要なことが起こった。私がすわると、彼女は鉛筆で机の真ん中に性別の境界線を引き、都会人らしい甘ったるい声で言った。お互いに、この線を越えてはいけない。字を書くときは、腕がぶつからないようにしよう。

それは六〇年代中期のことだった。七〇年代の起源が六〇年代にあるように、私の目覚め、たとえば自尊心、男女、都市と農村についての理解、そして革命に対する畏敬《いけい》は、すべてこの時点から始まっている。その学期は、学習面で姉の重圧こそなかったが、ほかのものが私を息苦しくさせ、胸をドキドキさせた。彼女の名前は張《チャン》。ぽっちゃりした、都会の女の子だった。両親は革命に関する何らかの理由で、洛陽《らくよう》から私たちの村の卸売り部門へ転勤してきたらしい。彼女は私の運命の中で、最初の偶然、最初の幸運となった。いまだに忘れられない啓発と感激を私に与えたのだ。

彼女は勉強がよくできた。毎週のテストは、いつも九十点以上だった。これは彼女が学習面で私と距離があることだけでなく、はるかに遠い存在であること、歴史的な都市と農村の差異があることを証明している。また、彼女が机に書いた境界線が合法かつ合理的で、深い意味を持っていることも証明している。私は彼女のために、まじめに勉強を始めたのだろうか？　それとも、田舎の少年の自尊心、哀れな農村の自尊心のために、ひそかな努力を始めたのだろうか？

私たちの先生は美しく、背が高かったが、肌の色が少し黄ばんでいた。しかも、しだいに黄色が濃くなった。同級生たちは、肝炎に違いない、伝染するぞと言った。彼女のそばにいて、彼女の吐いた息を吸い込んだら、きっと病気が移るだろう。同級生たちはさらに、彼女が家の中で漢方薬を煎《せん》じているのを見た、白い錠剤のようなものを飲んでいるのを見たと言った。

教室の一列目の座席の生徒たちは、彼女の授業のとき、いつも後方の席に避難した。しかし、私は逃げなかった。最前列が好きで、彼女の真下にすわり、黄ばんではいるが美しい瓜実顔《うりざね》を見上げた。彼女の国語と算数の授業を受け、彼女が町の師範学校で学んでいたときの珍しい話を聞いた。

私も先生が薬を飲むのを見たことがある。確かに白い錠剤だった。

先生が尋ねた。あなたは病気が怖くないの?

私は首を振った。

先生はしばらく私の頭をなでた。のちにインド映画の『放浪者』(一九五一年製作、監督・主演はラージ・カプール)を見たとき、勇敢な少年が勇敢さのために突然、美しい女性に口づけされるシーンがあった。女性が軽やかに立ち去ったあと、少年は口づけされた顔をさすりながら、余韻を味わっていた。それを見て私は、あの時代に美しい先生に頭をなでられた感覚を思い出した。まさにそのおかげで、私は勉強が好きになった。中間試験のとき、西洋人形のような女の子は国語と算数の平均が九十四点でクラスの一位、そして私は九十三点で二位だった。

この点数は姉よりも高い。隣の席の女の子とは、わずか一点差だった。たった一点差にすぎない。

なんと、勉強は難しいことではなかった。彼女との一点の差は、すぐ近くに感じられる。紙一重の距離しかない。勉強で彼女を追い越し、クラスの一位、学年の一位になることはとても簡単だと思われた。正直に言うと、その年の夏休み、私は退屈で何の意義も感じられず、月日のたつのが遅く思えてならなかった。新学期になって、女の先生の前にすわり、授業に耳を傾ける日が早く来るように願った。幸せな結婚にあこがれるように、次の試験を待ち望んだ。

ところが、ようやく新学期が訪れたとき、その女の先生はもはや、私の先生ではなくなっていた。

彼女は学校をやめた。

結婚して、都会へ行ったのだという。夫は県政府の偉い役人らしい。幸いなことに、女生徒はまだいて、相変わらず私と同じ机だった。始業の日、彼女はこっそり、私に赤い表紙のノートをくれた。そのノートは、当時の私の貴重な思い出であり、私の都市と農村の距離に対する早すぎる認識の始まりだった。私は改めて、次の試験で彼女を追い越したいという明確な目標を持った。私は引き続き勉強に励み、期日どおりに宿題を仕上げ、幼稚で純粋なままだった。新しいクラス担任に言われたことは、すべて人一倍努力した。勉強に役立つことは、すべて怠《おこた》らなかった。当時、国語の授業に加えられた毛沢東《もうたくとう》語録の学習においても、先生に読めと言われれば暗唱に努め、暗唱しろと言われれば暗記して何回でも書けるようにした。

新しい先生は中年の男で、素朴な田舎者だった。あの嫁に行った先生と比べると、性別以外にも違いがある。生徒に勉強しろと言うだけで、女の先生のように頻繁《ひんぱん》に試験をしなかった。だが私は当時、試験を待ち望んでいた。スタートラインについた陸上選手のように、すでに身をかがめ、足を曲げている。号砲が鳴れば、放たれた矢のごとく、ライバルを追い抜いてトップを奪うだろう。私のライバルは姉でもないし、他の同級生でもない。同じ机の女生徒だ。彼女はぽっちゃりして、洋風で、清潔で、色が白い。話す言葉は軽快、かつ正確だった。田舎の子供たちが方言丸出しで、のろのろしゃべるのとは違う。私たち田舎の子供のように、薄汚い身なりをしていることもなかった。彼女は歯並びがよく、着ている服はいつも清潔で、洋風で、いかにも都会人という感じだった。

私たちと彼女の間には、やはり差があった。

たった一点だけの差である。

この差を乗り越えるために、私はその学期中ずっと努力をした。

ついに、学期末がやってきた。

ついに、試験が近づいた。

ついに、先生の宣告があった。明日は試験ですから、ペンを持ってきてください。インクを補充して、今夜は早く寝るように。

私は眠れなかった。明日は試験だと思うと、科挙に挑む先人の気分になった。当時はまだ知らなかった、ほのかな恋心に似た興奮がひと晩じゅう、翌日の登校時まで私につきまとっていた。日光がスポットライトのように窓から教室に差し込み、室内に清らかな輝きを与えている。まるで、陽光に照らされた湖だ。壮大な廟堂《びょうどう》の梁《はり》の上、天井と壁に描かれた菩薩《ぼさつ》の画像が、ひときわ目立っている。先生は教壇の上から、私たちを見ていた。私は横を向いて、チラッと隣を見た。彼女は少し緊張し、私に追い越されることを心配すると同時に、闘志を燃やしているようだった。

仕方がない。これが都市と農村の間の溝なのだ。何とか飛び越えるしかないだろう。

私はペンを机の上に置いた。

用意した下書き用の紙も、きちんと机の左上に出してあった。

確実に溝を越えるため、私は号砲が鳴ったら駆け出そうと身構えていた。

ついに、先生がやってきた。

ついに、ゆっくりと先生は教室に入った。おもむろに日干しレンガで作った教壇に立ち、厳《おごそ》かに生徒たちを見た。教壇の下にいる生徒の緊張と興奮のまなざしを目にして、先生は口元に笑みを浮かべ、今年は筆記試験を実施しないと言った。毛主席はおっしゃっている。「我々の教育方針は、教育を受ける者が徳育、知育、体育の各方面で発展をとげ、社会主義の自覚と教養を持つ労働者にすることである」と。みなさんを社会主義の自覚と教養を持つ労働者にするため、筆記試験は中止します。今年の試験の方法は、生徒が一人ずつ教壇に立ち、毛主席の語録を暗唱することです。語録を五つ暗唱した人は、二年生から三年生に進級できます。

先生の話が終わったあと、生徒たちはみな放心状態だった。

しばらくして、拍手が湧き起こった。

だが、私は拍手をしなかった。どうにも理解できずに先生を見つめ、同じ机の女生徒にも目を向けた。彼女は生徒たちに同調していたが、私が拍手していないのを見て、途中で急に手を止めた。

それ以来、私は毛沢東語録の暗唱で進級した。これによって、私は都会からやってきた女生徒を追い越す機会を失った。たった一点の差であるにしても。あの時代の出来事は、些細なことにしろ、奇妙で濃厚な時代の匂いに満ちている。永遠に消えない心残りとなって、私の人生につきまとい、深く根を下ろしてしまった。あの時代は、毛主席の語録を五箇条暗唱すれば、二年生から三年生に進級できた。三年生から四年生のときは、十箇条から十五箇条だったろう。革命のために全国で授業が混乱し、二年間は進級が見送られた。進級がなくても、学校へは通い続け、国語と算数を勉強し、毛主席の語録や詩、そしていわゆる「老三篇」（文革中に教材とされた毛沢東の三篇の著作）の『人民に奉仕する』『ベチューンを記念する』『愚公、山を移す』を暗唱した。いま、あの時代を思い出すと、私は悲喜こもごもの感情で胸がいっぱいになる。私は勉強を強制されることもなく、重いカバンを背負う必要もなく、宿題をやる必要もなかった。両親が子供の進級を心配することもなかった。私の幼年時代の思い出は、ビー玉遊び、毛主席の最高指示、大人たちのデモ行進の見物のほか、学校の宣伝隊に加わって街頭で毛主席の最新指示の発表を祝賀したことだ。それらはみな、愉快な出来事だった。いま思い出しても、感慨深いものがある。ところが、続いてやってきたのは絶え間ない飢餓と寂寞《せきばく》だった。私は畑の草を刈り、豚に餌をやり、牛を放牧した。私は田園の退屈と疲弊を感じた。農地の単調さと味気なさが、蔓草《つる》のように私にからみついた。それでも幸いなことに、長い歳月にわたって、都市戸籍の美しい少女たちがいつも私の同級生でいてくれた。彼女たちの存在は、いつも私に劣等感を抱かせ、都市と農村の間の必然的な貧富の差を意識させた。そして、この生まれつきの違いを知った私は、農村からの脱出を永遠に模索するようになったが、わずか一点の人生の差を永遠に乗り越えることができなかった。

2　『紅楼夢』

ついに、一九七〇年代がやってきた。

私は多くの同級生と一緒に、決められた毛主席の語録、毛主席の詩、そして「老三篇」の暗唱で優秀な成績を収め、難なく中学校へ進んだ。私の中学時代に、革命の情勢は安定的高揚から劇的な変化をとげた。知らないうちに、その年の中学の進級試験はもはや、毛主席の文章や詩の暗唱による評価という方式ではなくなった。それは大人物・鄧小平《とうしょうへい》の復活と何らかの直接的関係があった。ついに、学校の試験制度が再開した。春に雨がつきものであるように、進級には必ず試験が伴う。しかし、試験が必要になったとき、なぜか私はもう一点差のために奮闘する気力を失っていた。当時入手できた革命小説、『輝ける道』『艶陽天』（いずれも浩然作）、『野火と春風は古城に闘う』（李英儒作）、『青春の歌』（楊沫作）、『烈火金剛』（劉流作）、『林海雪原』（曲波作）などに夢中になっていたのだ。私はこれらの小説が「革命文学の名作」であることを知らなかった。中国にも世界にもこうした小説しかない、小説とはこういうものだと思っていた。飼料が草にまさり乳が水にまさることを知らず、世界でいちばんおいしいと思って草やワラを食べている牛馬のようなものだ。私はこれらの作品以外に、魯迅《ろじん》、郭沫若《かくまつじゃく》、茅盾《ぼうじゅん》、巴金《はきん》、老舎《ろうしゃ》、曹禺《そうぐう》などの作家、そして外国文学の名著があることも、さらに名作中の名作、曹雪芹《そうせっきん》の『紅楼夢』の存在も知らなかった。

曹雪芹が男なのか女なのかも知らなかった。

私から見ると、都会と農村は永遠にかけ離れていた。都会は農村のあこがれで、農村は都会の栄養源、鶏ガラにすぎない。当時、私の村は幸いなことに、周辺数キロ四方の交易の中心地だった。田舎の人たちは村の市場にあこがれ、村の人たちは十五キロ離れた県政府のある町にあこがれ、町の人たちは五十キロ離れた古都・洛陽にあこがれた。当時、私は幸運に満足していた。両親は私を田湖《ティエンフー》という村で生んでくれた。もっと辺鄙《へんぴ》な山奥で生まれないでよかった。辺鄙な山奥だったら、私が読んだような小説はなかなか見つからなかっただろう。二人の姉と一人の兄がいる私の家庭は、限りなく貧しかったが、同時に限りなく豊かな恵みを受けていた。勤勉で忍耐強い父は、子供たちの人生の模範となった。つつましく賢い母が一日じゅう忙しくしている姿を見て、私たち兄弟姉妹は人生のつらさ、俗世間の美しさを早くも知った。それは私の一生の大きな財産であり、汲めども尽きぬ情感を創作に与える源泉でもある。

そのころ、上の姉は体調を崩した。いまの医学で言えば、無菌性腰椎大腿骨頭壊死《ようついだいたいこっとうえし》であろう。見た目は何でもないが、しばしば理由のない痛みに襲われた。勉学を停止し、ほとんど家のベッドで寝ていた。そして毎日の時間つぶしに、農村で入手できる小説、当時の印刷物のすべてを読んだ。こうして、上の姉の枕元が、私の人生最初の図書館となった。姉が読むものを私も読んだ。姉の本が、そのまま私の本となった。

姉の病気のおかげで、その枕元が私の人生最初の図書館となったことを思うと、姉に対する感謝の気持ち、比類なき姉弟の情が湧いてきて、私の目はうるんだ。他人には、大げさに見えるかもしれない。だが、私にとってはまぎれもない真実だった。なぜなら、これらの最初に読んだ革命文学が少年の心の空白を埋めてくれたからだ。小説に夢中になったおかげで、私はもう同級生の身分、学力、容貌、言動に対しても、私たちの間の農村と都会の格差に対しても、嫉妬《しっと》と羨望《せんぼう》から生まれて蓄積された卑屈さや苛立《いらだ》ちを感じなくなった。

私は心が広くなり、余裕ができた。余裕ができると、中学の試験の点数が悪くても、あまり気にならない。小説があるので、誰かと一点差だという無念さも忘れられたらしい。一方、革命小説のストーリーを忘れることはできず、気になって仕方なかった。中学一年もしくは二年のとき、私はついに、中国に大型の小説があることを知った。題名は『紅楼夢』、別名『石頭記』で、『三国志演義』『水滸伝』『西遊記』と合わせて、中国四大名著と呼ばれている。しかも、『紅楼夢』はその筆頭に挙げられるものだ。他の三作は姉の枕元にあったので、私はすでに読んでいた。しかし、これだけはなぜか、ずっと姉のところになかった。私は村の知識人に、『紅楼夢』を持っていないかと尋ねた。まるで私の質問の中に少年の欲望と不安が隠されていたかのように、彼は驚異の目で私を見た。彼の目つきによって、私のその本に対する興味はますます強まった。そしてついにある日、同じクラスの靳《チン》という生徒が情報をもたらした。彼の兄は空軍のパイロットである。彼は言った。『紅楼夢』という本は毛主席の愛読書なので、部外者の目にはなかなか触れない。知事クラスの役人、司令官クラスの軍人になって初めて、一セットが配給される。

私は半信半疑だった。

彼の話によれば、彼の兄は上官から一セットを支給され、読み終わったら実家に郵送してくるらしい。彼は内緒で、私に貸してくれると言った。

私は大変驚き、郵送の途中での紛失を彼よりも恐れた。

その後ずっと待ち続け、次の学期になって、もう私が忘れかけたころのことだ。ようやく彼はある日、新聞紙で何重にも包んだ宝物をカバンから取り出し、人目につかない場所へ連れて行って私に手渡した。私が広げようとすると、彼は驚いて顔を青くした。そこで私は慌てて本を閉じ、カバンに入れた。便所に駆け込み、誰もいないのを確かめてから、その宝物を広げた。果たして、その本の白っぽい表紙には、はっきりと「紅楼夢」の三文字が印刷されていた。そして裏表紙には、「内部閲覧用」の小さな五文字があった。当時の私はなぜか、有頂天になると同時に心配でもあり、大汗をかいて両手を震わせていた。その小説を慌てて包み直し、急いでカバンの中にしまった。

その日の午後の授業中、先生の話はひと言も私の耳に入らなかった。私は最愛の恋人に会いたがるように、ひたすら「紅楼の夢」のことを思っていた。

その年の夏休み、私は上の姉の治療費を稼ぐため、下の姉と一緒に朝から晩まで働いた。数キロ先の山間《やまあい》へ出かけて、村に建設中のセメント工場まで荷車で石材を運んだり、河原から道路建設現場まで卵大の砂利石を運んだり、村の商業部門が新築する建物の土台の石を運んだりした。日中は休むことなく、汗水たらし、息を切らし、牛馬のように働いて、くたくたになった。しかし夜になると、夢中になって空が白むまで『紅楼夢』を読みふけった。黛玉《たいぎょく》が花を葬る場面、黛玉の死と宝玉《ほうぎょく》の出家の場面では顔じゅうを涙で濡らし、ため息をついた。

読書に夢中になったせいで、私は学業をおろそかにしていることをすっかり忘れていた。

ところが、ちょうどその年、中学から高校へ進むとき、また点数が私の運命を左右することになった。当時、私は読書にのめり込んだため、人生に困惑していた。どう考えても、私の将来は両親と同じ農民である。日の出とともに野良に出て、日が暮れたら作業を終えるだけだ。高校に進めば農作業をする必要はなくなる、農民ではなく都会人になれると言われても、信じられない。それで私はやる気もなく、成り行き任せで、同級生たちと一緒に芝居見物でもするように、その年の進級試験に臨んだ。当時の政府の規定によれば、都市戸籍の生徒は百パーセント合格できる。一方、農村戸籍の生徒は、点数のほかに生産大隊（人民公社の下部組織）と学校の推薦が必要だった。点数で言えば、下の姉が私をはるかに上回っている。推薦枠から言えば、姉と私のどちらか一人しか高校へ行けなかった。

昼食のとき、外から戻った父が話を始めた。夏の日のことで、やかましいセミの声が木の上から聞こえていた。たわわな果実のように、鳴き声が重なり合って、風も通さない。父は中庭にすわって、姉と私のうちの一人だけが進学できる状況であることを伝えた。そして、私と姉の顔を見て、困ったように少しためらいながら言った。うちの事情は、おまえたちが知っているとおりだ。家族が多くて食べていくのも大変なうえに、おまえたちの姉さんは病気ときている。どうしても、どちらか一人は残って、畑仕事をしてもらわなければならない。父の話が終わったあと、私と姉はどんぶりを手にしたまま、何も言えずに体を硬直させていた。一瞬のうちに、水のように流れていた時間が止まった。時間は目に見えない塊となって中庭に蓄積され、同様に運命は私と姉の間で凍りついた。この状態が長く長く続いたあと、母がどんぶりを持って厨房から出てきて言った。まずはご飯にしましょう。話はそのあとよ。

そこで、みんなは食事を始めた。

姉がどんぶりを持って屋内に入ったか、それとも別の場所へ行ったかは忘れた。私は門を出て木の下へ行き、サツマイモの粉のうどんとサツマイモの葉を煮込んだ粗末な食事をとろうとした。木の下には誰もいない。何の気がねもいらないのに、私は食べる気が起こらなかった。私はいわゆる人生の十字路で、進学するかしないか迷っていた。ちょうどそのとき、私たちの村の知識青年（文革中、肉体労働を通じて思想を鍛えるため農村へ送られた都市部の青年たち）が通りかかった。彼は青い制服を着て、髪は七三分けで、背が高い。村の通りをゆっくり歩いてきて、知り合いと話を始めた。村人が丁重に話しかけると、彼は気だるそうに答えを返す。

そして彼は、うなずきながら立ち去った。

私は彼が立ち去ったあとも、ずっとその背中を見ていた。はるか遠くへ続く道を見るように。その瞬間、私は突然、猛烈に勉強を続けたくなった。高校に進学したい、姉の手から進学の願望を奪いたいと思った。そこで急いで食事をすませ、急いで家に戻ると、姉に出くわした。彼女も空のどんぶりを手にして、厨房へおかわりを取りに行くところだった。

私たちは中庭で見つめ合い、まるで見知らぬ他人のように、お互い何も言わなかった。

午後は農作業に出たが、なぜか姉は現れなかった。

夕飯も、姉は家で食べなかった。

夕飯のあとも、姉はなかなか帰宅しなかった。

私は母に尋ねた。姉さんは？　母は言った。友だちのところへ行ったよ。こうして、運命の決定はしばらくお預けとなった。傷跡をとりあえず、膏薬《こうやく》でふさぐように。そのまま私は眠りについた。星もまばらな夜で、窓の外は清らかな闇に包まれていた。半透明の湿った空気の中で、コオロギの鳴き声が聞こえる。夜中に一度目が覚めて、また眠ろうとしたとき、あるいは目を覚ましたばかりのとき、家の門が開いた。姉がそっと中庭を歩く足音が聞こえる。その足音は私の寝ている部屋の前まで来て止まった。何度か躊躇《ちゅうちょ》したあと、姉は戸を押し開けて室内に入り、私の枕元に立った。

私は起き上がった。

姉は言った。「まだ寝ていなかったの？」

私は「うん」と答えた。

姉は言った。「連科《リエンコー》、姉さんは高校へ行かない。あんたが勉強を続けなさい」

そう言うと姉は、窓からの月明かりを頼りに私を見た。あのとき、姉は私のどんな表情を見たのだろう。一方、私は姉の顔にかすかな笑みが浮かぶのを見た。姉は去りぎわに、笑いながら私に言った。「しっかり勉強してね。姉さんは女だから、家に残って野良仕事をするわ」

その後、私は首を長くして、高校が始まるのを待った。授業開始の前日、姉は私に万年筆を買ってくれた。私にそれを渡すとき、彼女は目に涙をたたえていたが、やはり笑顔でこう言った。

「しっかり勉強してね。姉さんの分まで頑張るのよ」

いま、三十年が過ぎて、私がこの話を子供にしても、子供は驚くばかりで信じてくれない。姉が女であるがゆえに、男の私に勉学の機会を譲ったことを信じないのではない。正真正銘の社会主義の時代に、中国の農村の子供たちが貧しくて、衣食も満たされなかったこと、両親が子供たちに十分な食事を与え、中学や高校へ行かせる力がなかったことが信じられないのだ。これは時代が世のあらゆる父親と母親、そして子供に残した、忘れられた社会の悔恨である。今日、私たちがこれを語るのは、記憶にとどめるために他ならない。

3　銃殺

私にとって、一九七〇年代で印象深いのは文革ではなく、飢餓と際限のない労働である。上の姉は病気をわずらい、寝込んでいた。この姉の病気を治すことは、我が家の心の重荷となった。姉は一九六〇年代の文革初期、友だちと一緒に革命経験交流の名目で省都・鄭州《ていしゅう》まで行ったが、家が恋しくなったし、北京へ行く汽車は満員だったので、仕方なく徒歩で帰ってきた。毛主席に会える一生に一度のチャンスを逃したのだ。

毛主席は偉大だが、医者ではないので、姉の病気を治すことはできなかった。そのため、我が家の生活は革命とかけ離れたものになった。農村が都市とかけ離れ、農民が市民とかけ離れ、貧乏人が金持ちとかけ離れているのと同じことだ。それでも、革命の空気は熱波や寒波のように激しく、時として我が家にも、農村の田野にも押し寄せてきた。記憶によれば、一九七〇年代の初めになると、社会に蔓延していた「言論や武力による闘争」は下火になった。私は生産隊の農民たちと一緒に、革命を遠くから眺めつつ、本能的に農業生産の促進に努めていた。ある日、畑でサツマイモの苗を手入れしていたとき、二台のトラックがやってきた。革命青年を乗せ、機関銃を据え付けている。突然、彼らは畑にいる私たちに向かって機関銃を掃射し、銃弾は畑の草の上に落ちた。草が揺れ、土くれが飛ぶ。軍隊経験のある男が大声で、「伏せろ」と叫んだ。農民たちは彼に倣って、サツマイモ畑のうねの間に身を伏せた。起き上がったとき、トラックは革命青年と彼らの笑い声を乗せて、すでに遠ざかっていた。どこから現れて、どこへ行く革命なのか、まるでわからない。生産隊長は革命青年たちの背中に向かって罵声を浴びせた。「くそったれ。おれたちの農作業とおまえたちの革命は、お互いに縄張りを侵さないはずだろう。おれたちが邪魔したことがあるか?」

農村はあの時代の中心ではなかった。革命の中心でもなかった。今日の改革開放の中心が都市で、農村や十億の農民ではないのと同様である。あの時代、中国の主人公はつねに新旧の革命に身を置き、革命と深く関わった人たちだった。一方、農村は解放(中華人民共和国成立)前、中国革命の主要な戦場であったが、解放後は「大躍進」(一九五八年から始まった農業、工業の飛躍的な発展を目指した政策)と「三年連続の自然災害」(一九五九年から一九六一年、大躍進政策の失敗による人災の側面もある)を除けば、役割に本質的な変化が見られる。社会の主役を引き立てる大勢の脇役、革命から遠く離れた周縁の地にすぎない。革命が起これば犠牲になり、革命の成功を陰で支えるだけだ。「大躍進」と「三年連続の自然災害」の最大の教訓は、革命は興奮を生み出すが、食糧を生産しないということだった。「三年連続の自然災害」のときには、幾千幾万の餓死者が出た。これはすなわち、どんな革命が起こっても農村では農業を続けなければならないことの証明である。

どうしても農作業は必要なのだ。

そうなれば、私のような生徒も、草刈りや放牧をしなければならない。勉強のかたわら、農作業をするのだ。どちらが正業で、どちらが副業なのか、わからなかった。草刈りや放牧の合間に、私は両親の働く姿を目にした。夜明けから日没まで野良に出て、休まず働いても飢えから逃れられない。それを見ているうちに、農村を離れたいという漠然とした思いが私の内心に芽生えていった。そんな曖昧《あいまい》な気持ちでいたとき、村に知識青年がやってきた。

私は知識青年がどこから来たのか、詳しく知らなかった。しかし、彼らは洛陽や鄭州など都会から来たに違いない。彼らがはるか遠方、私が夢にまで見た都市部から来たことは、事実が証明していた。六人ないし七人は、家が省都・鄭州にあった。一人は洛陽から来ていた。村人は彼らを丁重に扱い、準備の整った生産大隊に配属させた。そして先祖を敬うように、彼らに敬意を払った。彼らが都会から、村では手に入らない化学肥料、布地、マッチなどをもたらしたからだ。行きすぎた革命と計画経済による物資の欠乏のため、農民が街でお焼きを買うときでも食糧切符が必要だった。しかし、国は農民に労働の義務を要求するだけで、食糧、石炭、布、その他の配給券や権力を与えてくれなかった。不思議なことに、それらのものを知識青年は多かれ少なかれ持っていた。彼らが農民の必需品を農村にもたらしたので、農民たちは当然、恩義を感じた。そこで彼らが畑に出ることも、農作業をすることも許さなかった。彼らにやらせるのはせいぜい、畑の作物の見張りだった。彼らは笛を吹きながら、柳の枝を手にして、畑に入った鳥や豚や羊を追い払った。

当時の私は、まだ子供だった。知識青年が野良仕事をせず、きれいな身なりをして、いつも村はずれをぶらぶらしながら笛を吹いているのを見て、しだいに理解した。村人の品位が低いのに比べて、都市の青年はなんと高貴でおっとりしていることか。私は都会生まれの彼らを羨《うらや》んだりはしなかったが、自分が農村に生まれたことを仕方ないとは思いつつ、ひそかに恨んだ。彼らは散歩しながら、通りかかった農民を指さして、何か言って笑っていた。食事のときは、昼食でも夕食でも、村の比較的衛生状況のよい家が彼らの食事を用意した。これを当時の用語で「もてなし」という。一軒に一人か二人の知識青年が割り当てられ、通常は一週間で交替する。私の母はきれい好きで、毎日家の中だけでなく、門の外まで掃除していた。だから、我が家は「もてなし」に最もふさわしい家庭となった。

もてなしの任務のため、母と病気の姉は数日前から忙しくなった。小麦粉の麵《めん》を打ち、知識青年が豪華な食事にやってくるのを待つ。うちの家族が白米や小麦粉を食べるのは、春節（旧正月）と年間の重要な祭日に限られていた。それ以外の毎回の食事はサツマイモやトウモロコシなどの雑穀の粉だった。その他にも、新暦の五日、十日、十五日に市が立つ日には、白米や小麦粉を食べることができた。辺鄙な村から定期市にやってきた外祖父のために、母が小麦粉の麵やお焼きを作るからだ。また、父が農作業でくたくたになったときも、母はまれに白米や小麦粉を食べさせた。さらに、姉の病気が重くなったとき、母は姉にネギを散らした小麦粉の麵を作った。

ところが知識青年をもてなす当番が回ってくると、必ず毎食、白米や小麦粉が出る。昼は通常、手打ち麵、夜はネギ入りのお焼きだった。彼らが食事をするとき、私は食い意地を抑えられず、いつも近くで見ていた。首を長くして待ちながら、自分がいつか彼らと同じものを食べ、同じ人生を歩む日のことを考えた。母は私が彼らの食事の様子を見るのを嫌い、いつも私を追い払い、どこかへ行きなさいと言った。そのうちに私は、食い意地を抑えるため、知識青年が我が家に食事に来たとき、さっと家を出るようになった。門の外の木の下、あるいは向かいの家の建築用の石材の上にすわり、我が家の門を見つめていた。私が時間の長さを思い、農村の子供らしい幼稚な考えにふけっているうちに、食事を終えた知識青年はゆっくりと門から出てきて、ハンカチで口を拭《ぬぐ》い、悠然と帰って行った。そこで私もようやく、急いで家に戻った。

家に戻るときはいつも、知識青年の食べ残しがあることを期待した。しかし、慌てて帰宅しても、何か残っていたためしはない。私は失望した。母の作った食事の量が、もともと少なかったのだろうか？　それとも、彼らが若くて伸び盛りだったから（じつは私もそうだった）、量の多少にかかわらず、平らげてしまったのだろうか？

話をもとに戻そう。彼らは、タダ食いしていたわけではない。毎週、一食につき二角の現金と百グラムの食糧切符の計算で、合計額をうちのテーブルの上、あるいは門の前にある石の腰掛けの上に置いて行った。いま思えば、彼らの残した額は食べた分に到底追いつかない。しかし当時、母は彼らが支払おうとするたび、多すぎると言って遠慮した。母の善良さに影響されて、私も彼らが残した現金と食糧切符は多すぎるのではないかと思っていた。だからこそ、母はあんなに熱意を示したのだろう。だからこそ、我が家はいつも彼らに、外祖父が定期市に来たときや父がひどく疲れたときでなければあり得ない、手厚いもてなしをしたのだろう。上の姉が病気のときしか、白米や小麦粉にはありつけなかったではないか？　その後、「もてなし」を割り当てられた家がみな、ひそかに村の幹部を訪ね、このように小麦粉を消費するのはよくないと言った。一食や二食、ひと月やふた月ならまだしも、こんなに長く、半年も一年も続けたら、どの家だって音《ね》を上げてしまう。その後は、知識青年を「もてなす」一方で、幹部に対してその時代の食べ物と飢餓に関する状況を訴え続けた。そして半年後、知識青年たちは自炊を始めた。ようやく村人たちはフーッと息をつき、小麦粉の食事で背負った重荷を下ろした。

じつのところ、一九八〇年代の初めに中国の文壇に勃興した「知識青年文学」は、下放生活を地獄のように描いた。すべての苦難を直接的かつ単純に、その土地の愚昧《ぐまい》のせいにしている。そこで、私はいつも思う。知識青年の下放は、確かにひとつの世代、ひとつの民族の災難だった。しかし、知識青年の下放の前から最中まで、その土地の人たちの生活、彼らの数千年の運命もまた、一種の災難ではなかったか？　本音を言えば、農民は永遠に、根本的に都会を理解することができず、知識青年の下放がひとつの世代とひとつの民族の災難であることも理解できない。同様に、知識青年とかつて知識青年であった作家、詩人、教授たちは、彼らがかつて数年間かそれ以上過ごした土地、そこで百年も千年も暮らしてきた人たちのことをまるで理解できない。実際のところ、辺鄙な私の田舎では、黒龍江の生産建設兵団（国境地帯で経済建設と国防に従事する屯田兵的組織）のように知識青年が大挙して押し寄せることはなかった。しかし絶え間なく、すべての村に知識青年が客のように訪れた。彼らは旅人と同じで、短ければ数か月、長くても数年で続々と帰って行った。栄誉とともに、都市に帰還したのだ。

知識青年が私の田舎で「苦労した」という事例は、見たことも聞いたこともない。だが、私は知っている。当時の記憶は苦難として彼らに共有され、彼らの貴重で喜ばしい歴史となった。村のニワトリや犬が次々に姿を消した。ヤギや綿羊が急に行方不明になったこともある。あたりを数日捜索した結果、犬の頭や羊の毛皮が知識青年の宿舎の周囲で見つかった。敵の陣営に対する威《い》嚇《かく》のように、都市の農村に対する威嚇のように、目立つところに転がしてあったり掛けてあったりした。私の記憶の中では、知識青年に対する愛憎もなければ、美醜の感情もない。あこがれもなければ、あきらめもない。あの時代の単なる出来事、季節ごとに訪れる風雨のようなもので、勝手にやってきて、勝手に去って行った。記憶に残っている痛恨事は、一九七五年あたりに起こった。村の河原で、数名の犯人が銃殺されたのだ。そのうちの一人は農家の男で、彼の死は知識青年と関係があった。男は宿舎の塀を乗り越え、女の知識青年を強姦しようとしたらしい。未遂に終わったが、罪は重大で許しがたい。銃殺に処すしかない。

銃殺の日は黒山の人だかりで、お祭りのような騒ぎだった。まず、犯人たちをトラックの荷台の両脇に立たせ、付近の村を回った。犯人たちは両手をうしろで縛られ、胸の前に札を下げている。札には犯人の名前と罪名が書かれていた。たとえば、女の知識青年を強姦しようとした若い農民の場合、墨で書かれた名前の上に真っ赤なバツがつけられ、名前の下には「強姦犯」の三文字があった。芝居に出てくる死刑の場面のように、背中にも名前と罪名の書かれた板が差し込まれていた。

黒山の人だかりの中をトラックがゆっくりと進んで行った。

人々は硬い土くれや石を「強姦犯」の顔と体を目がけて投げつけた。同じく銃殺される、その他の殺人犯や放火犯の顔には投げなかった。

そして粛々と、その男は銃殺された。

数発の銃声のあと、あたりは静寂を取り戻した。雨が降ったのち、空が晴れるのと同じように。河原の見物人がみな引き上げてから、私は友だちと一緒に銃殺の現場を見に行った。確かに、砂地にしみ込んだ粘り気のある血痕が残っていた。知識青年に対する恐怖と畏敬の念で、私は呆然としてしまった。なぜなら、それより前に、隣村の知識青年の宿舎で、同じような事件が起きていたから。そちらは役回りが逆だった。男の知識青年が、十六、七歳の村の少女を強姦したのだ。少女は草刈りに出かけ、知識青年にだまされて宿舎に連れ込まれ、強姦された。そのあと、少女は泣きながら宿舎を出て、村はずれの河に身を投げた。一方、男の知識青年は少女の死を知ると夜中に村を抜け出し、都市へ帰ってしまった。少女の両親は泣く泣く娘を埋葬し、政府に訴え出た。しかし政府は、都市に戻った犯人を捕まえようとしなかった。

その男を罪に問おうとしなかったのだ。

その男は強姦を成し遂げ、しかも少女を死なせた。人命にかかわる事件なのに、男の知識青年は指弾を受けなかった。ただ、政府の幹部が男の両親を伴って田舎を訪れ、金品で償いをしただけだ。あとは、最大級の誠意を示す、もったいぶった詫《わ》びの言葉だった。ところが半年後、同様の事件が起こったときは、犯人が農民だったため、強姦未遂にもかかわらず、あっという間に銃殺が執行された。

その日の夕方、河原には夏の熱気と湿気が漂っていた。半分子供だった私たちは、刑場となって賑《にぎ》わいを見せたあと、いまは空っぽになっている河原で、寂しく立ち尽くした。私はますます、この世界に戸惑いを感じた。知識青年たちに対しては、もはや尊敬も羨望もない。むしろ、かすかな恨みが心の底に芽生えていた。私はそれ以降、彼らが村で働きもせず、いかがわしい行為をしたことを記憶にとどめた。彼らが私たちの村で、休暇を過ごすような暮らしをしていたことを記憶にとどめた。私たちの村は耕地も食糧も少ないのに、あの革命の時代の偉人はなぜ、都会の若者たちを送り込んで、農民に災いをもたらしたのだろう？　私たちは彼らが早く村を出て家に帰り、都市と農村が距離を保ち、お互いに平穏無事になることを望んだ。

そして彼らは私の不意をついて、本当に村を出て行った。

その年の夏休み、私は洛陽の母方の叔父が率いる建設隊に参加し、レンガや石灰の運搬をして手間賃を稼ぎ、家計の足しにした。夏休みが終わって村に帰ると、思いがけない情報を聞いた。知識青年たちは突然、村を出て行ったという。雲が風に吹き払われるように。本当に風が吹けば、雲は吹き払われてしまう。彼らがいなくなったと聞いても、別に驚きはしなかった。だが夜になると、知識青年たちが去って村に静寂が戻ったことを思い知らされた。彼らが村に残って、ときどき事件が起きたほうがよいような気もした。

その夜、私は何度も思い出した。黄《ホアン》という女の知識青年を我が家でもてなしたとき、母は彼女のためにネギ入りのお焼きを作った。四つに切って出したが、なんと彼女は食べ尽くすことをしなかった。

彼女は半分食べて、半分残した。

彼女の食事中、私はいつものように、門の外の石の上にすわって待っていた。しばらくすると彼女は家から出てきて、左右をうかがったあと、まっすぐ私のところにやってきた。そして何も言わず、紙に包んだお焼きを差し出した。彼女はお焼きを四分の一しか食べなかったのだ。知識青年が去ったあと、私はいつも彼女の姿と四分の一のお焼きのことを思い出した。その後、畑仕事の合間に、私は知識青年の宿舎へ行ってみた。何か見つかると思ったが、がらんとした部屋は荒れ果てていた。まるで、風が吹いて雲が散ったあとの草地のようだった。

4　創作

現在にいたるまで、私は知識青年に対して、多くの人とは違う見方をしている。知識青年によって農村に文明がもたらされたとは思わないし、彼らが農村に現れたことによって農民が都市の文化を知ったとも思わない。私が強く感じるのは、彼らの出現によって、都市と農村の格差が証明されたということだ。格差は人が思うよりずっと大きく、一般に言う農村の都市に対するあこがれや羨望に止まらない。彼らが母親の胎内にいるときから抱いている、農民や農村に対する軽蔑もある。

もともと教科書で言うところの「四つの近代化」（農業、工業、国防、科学技術の四分野の近代化を指す）、特に農村の近代化は美しい夢にすぎない。『アラビアン・ナイト』の物語のようなものだ。知識青年が去ったあと、私は漠然と気づいた。この土地で運命が訪れるのを待つよりは、ここを脱出して何かを変える努力をしたほうがいい。もしかすると、小学二年生のとき、洛陽からやってきた女生徒に出会ったことで、私は早くも農村を抜け出したいという気持ちを抱いたのかもしれない。知識青年がやってきて、その芽生えたばかりの欲求は、理由もなくふくらんでいった。

私はいつの日か、この土地を離れ、都会へ行きたいと願った。現場からの逃走を急ぐ泥棒のように、私は両目を見張って機会をうかがいながら、毎日を過ごしていた。そして、ある日突然、上の姉の枕元で、『境界線』という長篇小説を見つけた。作者は張抗抗《チャン・カンカン》（一九五〇年生まれの女性作家）である。三十数年後の今日、私はもう小説のストーリーも細部の描写も覚えていない。しかし、その本の裏表紙の「内容紹介」には、張抗抗が杭州から北大荒《ベイダーホアン》（黒龍江省の広大な荒地）へ行った知識青年であることが書いてあった。彼女はこの小説を書き、ハルビン出版社の修正を経て出版できたことによって、北大荒から省都ハルビンへ移ったという。

この「内容紹介」は、当時の私を驚かせた。このような本を書けば、農村を離れて都会へ行くことができるのだ。一九七五年当時、私の創作欲に火がついた。長篇小説を書いて出版し、都会へ行くという野心の種が植えつけられた。

こうして私は、ひそかに創作を始めた。

『山郷血火』という題名の革命長篇小説を書き始めたころ、私は数キロ離れた町、宋代の儒学者・程顥《ていこう》、程頤《ていい》の故郷にある高校に進学した。高校一年のクラスで、誰かが国語の教師をこっそり指さして言った。あの任《レン》という先生は大学で学んだことがあるし、家で『紅楼夢』よりも長い小説を書いている。『紅楼夢』は四巻だが、その小説はもっと長い。

私はその教師を尊敬するようになった。

ある日の国語の授業で質問されたとき、私は逆に問い返した。先生は本当に家で『紅楼夢』よりも長い小説を書いているんですか？　任という教師は質問に答えず、ポケットからタバコ入れを取り出すと、慣れた手つきで細長い紙でタバコを巻き、火をつけて悠然と吸い始めた。そして神秘的な笑みを浮かべながら言った。『紅楼夢』を読んだのかい？　機会があったら、通読してごらん。そのころ、私には『紅楼夢』が『境界線』よりも偉大だとか、曹雪芹が張抗抗や我々の教師よりもすぐれているとかいう意識がなかった。まさに彼女の作品によって、私は創作というものは別に神秘的でも、手の届かないものでもないと思ったのだ。

5　寂しい光

私は創作を開始した。毎日書くことを心に決めた。

昼間は数キロ離れた高校へ通い、夜はベッドで寝返りを打ちながら、物語の構想を練った。日曜日は畑仕事をして、夜になると明かりをともし、傷だらけの古い学習机に向かって、長篇小説を書いた。階級闘争と地主、富農、貧農、搾取する人と搾取される人、反抗する人と反抗される人に関する物語である。主人公は故郷を遠く離れ、共産党に身を投じる。

創作は私の生活の秘密となった。青春時代において、私にはほかの同級生や農民よりも多くの充実感や願望、理想があった。他人よりずっと、未来が光明に満ちているような気がした。文学があるからこそ、生きている意味がある、私の文学の昨日、今日、そして暗くて苦しい明日があると感じていた。

そしていま、出来不出来はともかくとして、私はすでに五百万字以上の作品を書いてきた。記者たちはみな判で押したように、いちばん強く影響を受けた世界の作家は誰ですか、作品は何ですかと尋ねる。そんなとき、私はいつもまじめに答えてきた。いちばん影響を受けた作家は張抗抗です。影響を受けた作品は、張抗抗の『境界線』です。

正直に認めよう。私は確かに、張抗抗女史に対して筆舌に尽くしがたい感謝の気持ちがある。歳月が有用とも無用ともつかない紙だとすれば、日々の暮らしはその紙に記された有用とも無用ともつかない文字である。私が書いた意味のない小説のように、紙は一枚ずつめくられていった。私の長篇小説が三百枚あまりに達したとき、姉の腰の痛みがひどくなり、どうしても家族に働き手が必要になった。誰かが、日用品や薬を買うための現金を稼がなければならない。高校二年のとき、私は一学期が終わると、中途退学して家に帰った。そのとき、私はまだ十七にもなっていなかったが、何日か家に滞在したあと、布団と衣服、書きかけの小説の原稿を荷物にまとめ、数百キロ離れた河南の新郷《シンシアン》へ出稼ぎに行った。

それは私の人生で、最も苦しい歳月だった。思い出すたびに涙がこぼれる。

私には叔父がいた。父の弟に当たる。故郷を離れ、新郷のセメント工場で働いていた。新郷の叔父はまず、伯父の家の次男に働き口を世話した。書成《シューチョン》という名前の従兄である。彼は新郷の駅で荷物運びをしていた。汽車から下ろした石炭や砂を大きな荷車に積み込んで、十数キロ離れたセメント工場まで運ぶのだ。朝から晩までかけて、往復三十キロの道のりを一日に一回、一度に一トンの荷物を運んで帰ると、四元から五元の稼ぎになる。従兄がそこで働いていたので、私もそこの運搬工になった。

私は従兄よりも少し背が高かったが、人生に対しても荷運びに対しても忍耐力が劣っていた。毎日、私たちは夜明け前に起床して、空の荷車を引き、十数キロ先の駅へ急いだ。それぞれ一トンの石炭や砂を積み込み、のろのろと牛のように、重い荷車を引いて帰る。平坦な道でも、よろよろとゆっくり歩いた。上り坂では、傾斜が急かどうかにかかわらず、一台の荷車を坂の下の道端に残し、二人一緒に一台を引っぱり上げた。坂道にS字を描きながら、自分の人生をよじ登ったのだ。一台を引き上げると、坂の下に戻って休憩し、もう一台に取りかかった。夏の日は厳しい暑さで、汗が滝のように流れた。だが、いつも都合よく、道端に灌漑《かんがい》用のポンプがあった。喉《のど》の渇きに堪えられず、私たちは畑のわきに寝そべって、ゴクゴクと一気に水を飲んだ。まるで牛か馬、あるいは砂漠のラクダのように豪快な飲みっぷりだった。昼食どきには、いつもポンプの近くへ行き、硬くて細長い、棒きれのようなマントウをかじった。道端の河の水を飲みながら、ずっしり重い棒きれのようなマントウを私たちはいつも一度に二つ食べた。

最初、私は一トンの石炭や砂を載せた荷車を引くことができなかった。棒きれのようなマントウを二つ食べることもできなかった。従兄は気をもみ、上り坂でいつも私の荷車を引いてくれた。さらに、道端でマントウを食べるときには、荷車の引き手にぶら下げた袋の中から黒い漬け物の塊を出してくれた。従兄が三分の一をかじり取り、残りの黒い塊を私に手渡した。私は漬け物と道端の河の水のおかげで、あの硬い棒きれのようなマントウを食べることができた。こうして時が過ぎ、私がマントウを二つ平らげられるようになると、従兄はもう漬け物を用意することをやめ、代わりに人生に関する簡潔で奥の深い話をしてくれるようになった。

「連科、家に帰って勉強を続けろよ。何より勉強が大事だ」

「勉強はやめてもいい。いくら勉強しても、役に立つとは限らないから」

「明日は週末だから、帰ってから風呂に行こう。風呂に入ると、ぐっすり眠れるぞ」

私は毎週日曜日、ぐっすりと寝て、数日間で使い果たした力を何とか回復した。しかし、従兄は私を寝かせておいて、自分だけ日曜日も駅へ行き、一回多く石炭や砂を運んだ。

私たちは一緒に、セメント工場の宿舎の部屋に住んでいた。日曜日、従兄が荷車を引いて出て行ったあと、私はがらんとした部屋に横たわり、天井板とそこに張られた蜘蛛《くも》の巣を絶望的に見つめた。そこに巣食っている蜘蛛は、日増しに大きくなった。このとき、私は横書きの便箋《びんせん》数百枚になっている長篇小説を思い出した。それは独りぼっちで、家から新郷まで旅してきたが、私は一枚どころか一字たりとも、続きを書いていない。筋書きも細部の描写も、まったく増えていなかった。

こうして二か月あまりが過ぎた。ある日、叔父は私が左右の肩を上げ下げしながら、体を傾けて歩いているのを見て、どうしてそんな歩き方をするのかと尋ねた。私は、もともとこういう歩き方だと答えた。従兄はしばらく下を向き、また顔を上げて言った。荷車を引いているせいさ。左右の引き手に渡したベルトに肩を強く押しつけて、力いっぱい荷車を引くから、肩は当然斜めになってしまう。

それだけ言うと、従兄は口をつぐみ、目に涙をためた。

三日後、叔父は私が駅へ行って運搬工をすることを禁じた。いくら稼げるとしても行ってはダメだ、体を壊したら私の両親に申しわけが立たないという。叔父が手を回し、人に食事と酒をおごった結果、私はセメント工場の石灰石採掘現場で働くことになった。ほかの作業員と一緒にエアドリルで穴をあけ、石灰石を爆破してから、破片をトロッコに積み込み、セメント工場へ運ぶ。石灰石の爆破は危険を伴い、ケガや骨折、さらには死亡事故も、毎年毎月、随時発生していた。叔父は従兄にも運搬工をやめさせ、お互い協力できるように、私と同じ仕事をあてがった。

私たちは自分の荷車を売って、セメント工場の採石場へ行き、臨時工となった。採掘現場はセメント工場から二、三キロ離れていて、巻き上げ機が山頂まで十数両のトロッコをワイヤーで引っぱり上げる。下りは惰性を利用し、車両を山のふもとまでテンポよく迅速に送り届けた。山頂で臨時工は、いくつかの組に分かれる。ドリルで穴をあけ発破を仕掛ける者もいれば、石灰石をブリキの手押し車に載せる者もいた。数十メートルないし百メートル押して行ってトロッコに積み込むと、また別の人たちが工場まで送り届ける。来たばかりの新人は状況がわからないので、まず三日間、トロッコへの積み込みをした。三日後、少し慣れてきたら、石灰石を運び、ハンマーを振るい、最後は崖に登って石の割れ目に発破を仕掛ける危険な仕事を受け持つようになる。

私は六日間、トロッコへの積み込みという軽作業をした。

従兄は私に三日間の軽作業を譲り、自分は山頂に着いてすぐ、ハンマーやたがねを使う重労働を受け持った。山頂での仕事は「時間」制で、「ノルマ」制ではなかった。一回八時間働くと、一元六角が支給される。一日に二回分の十六時間働き、三元二角をもらえるように、私たちは親方にお世辞を言った。また、叔父は親方にタバコ二箱、焼酎一本を贈った。こうして、私と従兄は山頂で毎日、二回分の十六時間働いた。仕事は十日から半月続き、その間は山を下りず、風呂に入らず、工場へ出向くこともなかった。食べるのも寝るのも、何もない採石場だった。雨の日には、ようやく休むことができた。

人生は苦難に満ちていたが、毎月受け取った賃金を家に送ったとき、郵便局から出てきて空や通行人を見れば、やはり限りない満足と温かさを感じた。自分はもう大人になり、両親と家族に愛情を注ぎ責任を果たすことができたと思った。そこで、心の底から甘いうぬぼれが湧き出した。特に、家からの折り返しの手紙が、送金を受け取ったことを告げ、これこれの目的に使わせてもらうと言ってきたときには、自分が全世界を背負う英雄になった気分だった。世界を具体的に実感することができたと思った。そして、出稼ぎによって両親の負担を減らしたい、両親の肩から生活の重荷と悲哀を取り除きたいという気持ちがますます強まった。こうして、私は毎日、山頂で十六時間働くこと、しかも永遠に働き続けることを切に願った。

いちばん長いとき、私は山頂で四十一日間、連続で働いた。毎日十六時間、顔も洗わず、歯も磨かず、仕事が終わるとすぐに地べたで寝た。目が覚めると、濡れたタオルで形式的に顔を拭《ふ》き、現場へ急いだ。工場は革命を推進すると同時に、生産に力を入れていたので、百日の間に何万トンものセメントを製造し、どこかの建設工事を支援しなければならなかった。だから、工場全体が一日じゅう忙しく、当然ながら私は、誰かに食事をおごり贈り物をするまでもなく、口利きを頼むまでもなく、毎日十六時間の仕事に恵まれた。

私はこの好機を逃さなかった。

この好機に、面白い出来事があった。それは国家機密、中台関係にかかわる事件だった。

当時、中国大陸の人々が台湾について知っていることは二つしかなかった。第一、台湾人はみな苦難の生活を送っている。第二、我々は必ず台湾人を「解放」し、彼らを苦難の生活から救ってやらなければならない。当然、我々が彼らを解放しようとすれば、彼らも我々を滅ぼそうという気持ちを強くし、機を見て大陸に反攻して、我々の革命政権を奪い取ろうとするだろう。だから、真偽はともかくとして、当時の大陸のいたるところに国民党のスパイが潜伏しているらしかった。そこで、私は幼いころから、いつも国民党のスパイがどうしたこうしたという話を耳にしていた。私は長い間、隣人、先生、街を歩いている制服の人を国民党が派遣した悪辣《あくらつ》な台湾のスパイではないかと疑った。少年時代になると、一人で村の畑を歩き回った。静けさの中、自分の足音のあとに何かが聞こえると、台湾のスパイに付けられているのではないかと思った。私が足を速めれば、相手も足を速める。私が足を緩めれば、相手も足を緩めた。そこで私はさっと振り向いたが、背後には果てしない空間が広がっているだけだった。

背後にスパイがいないことを証明するため、ときどき私は早足で歩いたあと、塀や樹木の陰に身を隠した。それから、そっと顔を出して様子をうかがう。スパイの尾行がないのを確かめると、ようやく慎重な歩行を再開するのだった。あの当時のことをいろいろ思い出してみると、古い革命映画の記憶と同じで、はっきりした部分と曖昧な部分がある。多くの場面は広大な歴史の空間だが、それを彩る草花の存在も欠かせない。総じて言えば、革命と激情にあふれた時代だった。革命が激情を生み出し、激情は反転して革命を燃え上がらせる。そして私は自分と家族の生存のために、新郷の郊外の山で、毎日二回分の十六時間働いた。四十一日が過ぎても山を下りず、休むこともしなかった。毎日十六時間も働ける絶好の機会を惜しむだけで、ほかのことは何も気にならない。それ以来、私はすべてを忘れ、世界と完全に縁を切ったかのようだった。ところが、この断絶状態の中で、革命と台湾解放という重大事が些細なことに姿を変えて、私の目の前に現れた。

ある日の昼ごろ、私がトロッコに石灰石を積んでいたとき、急に停電が起こった。トロッコは動かせないし、ドリルも使えない。各地から集まった数十人の男たち、私と同様に生存を求める臨時工たちはみな、石の破片や粉の上にすわったり寝そべったりしていた。ちょうどそのとき、私が横になって眠ろうとしたとき、二つの大きな薄紅色の気球が、遠くの空から山奥に向かって漂ってきたのだ。

二つの気球を見て、私はまず思った。この気球は台湾の国民党が反革命の宣伝ビラを撒《ま》くために飛ばした反動的な道具だろう。台湾からの気球は、台湾海峡を越えられるのか？　その海峡というのはどこにあるのか？　海峡のこちら側の福建省アモイから我々の住む中原の河南省、河南省の新郷まで、どれだけの距離があるのか？　いくつの省を飛び越えてきたのか？　私は知らなかったし、知りたいとも思わなかった。しかし、二つの気球を見ているうちに、それが遠くから来たこと、生活の苦しい台湾から来たことに確信を持った。私は疑問を解くため、みんながうつらうつらしている間に、便所へ行くふりをして作業場を離れた。

私は気球が飛んで行った方向を目指して、一気に三十分は歩いた。山頂から人跡まれな峡谷まで行くと、気球はすでに飛び去って、追いつくことができないとわかったので、私は足を止めた。しかし、峡谷から山頂へ引き返そうとしたとき、私の目の前で奇跡が起こった。

私は道端の石の隙間に何かが挟まっているのを見つけた。大きさは本のしおりくらい、光沢のある硬い紙で、印刷は美しい。若くてすらりとした美女が短いスカートをはき、両手を広げて、左右に二人ずつ子供を引き連れている。四人の子供は男女それぞれ二名ずつ、健康で愛らしい。

ランドセルを背負い、玩具を手にしていた。このカラー写真の背後は、広々とした台北の大通りで、両側にビルと街灯が並ぶ。しおりのようなカラーのカードの裏側には、はっきりと一行の青い文字が書かれていた。

「台湾では産児制限を実施していません」

当時、私はまだ、のちに農民も熟知することになる計画出産という言葉をよく知らなかった。ただ何となく、この言葉は子供を生むことと関係していると思っていた。あのころは、私たちの村も計画出産を実施していない。中国の一部の都市だけが、そのような呼びかけを始めていた。だから、私は計画出産をするかどうかに興味がなかった。しかし、このカードを拾ったことは、二つの気球が台湾から飛んできたという私の判断を裏付ける証拠となる。また、台湾人は反動的だとしても、彼らの住む美しい町と人の表情は私の理解と想像を超えていた。そして、写真の親子の幸福そうな生活に対して、私はひそかに強いあこがれを抱いた。

峡谷は広々として、誰もいない。私はカードを持ち、黙って作業場に戻った。作業場に着くと、私はカードを雨に濡れることもなく、他人に見つかることもない石の隙間に隠した。その後、私は二度と石の隙間のカードを見に行かなかったが、心の中に人に言えない秘密を抱えていた。つまり、台湾人は我々よりもよい生活を送っている、苦難の生活を強いられているのは私たちのほうなのだ。私は社会、革命、世界に対して漠然とした疑問を抱くと同時に、あの書き終えていない長篇小説を思い出した。なぜなら、あの虚構の物語は階級闘争に満ちあふれ、悪役として台湾から来たスパイも登場するからだ。

私は長篇小説の創作を再開した。

従兄が家に帰って結婚したため、私は残された部屋を独占できた。しかし、ある日、ペンを手にした私は急に気づいた。毎日、山頂で石灰石を運び、ハンマーを振るい、トロッコに石灰石のくずを積み込むうちに、私の右手の指はスコップの柄で何度も自分でつぎを当てたズボンに押しつけられた。その結果、私の右手の指は完全に変形したまま、枯れ枝のように固まってしまった。どうしても、細くて滑りやすいペンを持つことはできない。それに気づいた私は、干からびた指を見つめ、呆然としていた。泣きたい気持ちもあったが、意外に冷静だった。試みに左手を使おうとしたが、やはり字は書けない。そこで再び右手に持ち替えて、何とかまともな字が書けるまで練習した。

こうして、一日に十六時間働かないときは、八時間の労働のあと、部屋にこもって数枚、数時間、いわゆる小説を書いた。そのころの創作はもはや、出版することで運命を変え、この土地を抜け出して都会へ行くためのものではなかった。現実が人に絶望を与えるのなら、せめて創作の中で新しい世界の存在を感じさせようと思ったのだ。

こうして、仕事と創作の日々が始まった。昼間に仕事をする日は夜に創作、夜に仕事をする日は昼間に創作をした。すべてが過ぎ去ったと思ったとき、よその省から作業場に来ていた人たちが突然いなくなり、私は山頂で再び十六時間の労働にありついた。それが半月続いたあと、世界が音を立てて、あるいは静かに、大きな変化を見せた。

天地が引っくり返ったのだ。

それは、ある日の夜半から始まった。夜が更けて、すでに零時を過ぎたころ、突然、静かな山間の作業場のスピーカーがなぜか音楽を鳴らし始めた。豫劇《よげき》（河南省の地方劇）『朝陽溝』の放送だった。以前から、そのスピーカーは各種の通知を伝えるだけでなく、革命のニュースや革命模範劇などを放送していた。しかし、その夜は、天地が静まり返っているときに、スピーカーがやや退廃的で魅力のある豫劇『朝陽溝』を流し始めたのだ。我々は、なぜ革命模範劇の放送をやめて、優美な地方劇を流すようになったのか、わからなかった。みんな呆然として、仕事の手を止め、『朝陽溝』の歌に耳を傾けた。その後、年配の労働者たちは仕事をしながら、放送に合わせて『朝陽溝』の歌を大合唱した。

私はその日の夜から、突然、豫劇の美しさを意識するようになり、今日でも河南の演劇を愛好している。その夜は二回分の十六時間働いたので、翌朝八時に仕事が終わり、山を下りてセメント工場の宿舎に帰ったときには、午前十時を過ぎていた。その日、私は宿舎の街区の塀に奇妙なスローガンが書かれているのを発見した。いずれも、「王、張、江、姚の四人組を打倒せよ」という内容である。私は「王、張、江、姚」が誰なのかも、「四人組」がどういう意味なのかも知らなかった。「計画出産」の意味を知らないのと同じことだ。私は宿舎に戻ってから、叔父に用心深く尋ねた。「王、張、江、姚」って誰なの？

叔父は、「王洪文《おうこうぶん》、張春橋《ちょうしゅんきょう》、江青《こうせい》、姚文元《ようぶんげん》のことだ」と言った。私は、王洪文、張春橋、江青、姚文元がいずれも、国家の偉大な指導者であることを知っていた。少し前、毛沢東が亡くなったとき、私は山頂で仕事をしていたため、一週間後に山を下りて初めて、その死を知った。今度は毛主席の夫人・江青とその仲間が逮捕された。しばらくして私は、世界が変化しつつあることをぼんやりと悟った。新しい驚異的な革命が始まるのかもしれない。どんな革命も私には関係がないけれども。しかし、私が当時、最初に考えたのは「王、張、江、姚」の順番だった。誰かが並べ方を間違ったのだろう。当然、江青の名前を王洪文の前に置くべきだ。王洪文は副主席だが、江青は何と言っても毛沢東夫人なのだから。

その後の事実が証明した。中国では確かに、新しい革命が起こった。

しかも、その革命は私に関係があった。

まったくの偶然だった。ある日、いつものように山頂で働いていると、叔父が急いでやってきて、ためらいがちに私に告げた。山を下りて、家に帰りなさい。急用ができたらしい。私は叔父の前で呆然として、うろたえていた。叔父はその様子を見て、電報を取り出し、黙って私に手渡した。

電報は「スグカエレ」のひと言だけだった。あの時代、電話は不便で、現在のように世界をつなぎ、互いの距離を縮める存在ではなかった。当時の主な通信手段は、手紙と電報だった。普通は手紙、緊急の場合は電報である。電報は一般に家庭の一大事、身内が危篤のとき、あるいは予期せぬ災難のときに限られていた。電報は一文字の値段が六分もしくは八分で（一分は一元の百分の一）、これは卵二つか三つに相当する。だから、世界で最も簡潔なのは電報の文面であり、世界で最も人を不安にさせるのも電報の文面だった。

家には病人がいたので、私はあえて電報の意味するところを考えようとしなかった。ただ、電報を懐にしまい、急いで山を下りて、切符を買い荷造りをした。そして夜行列車に乗って、洛陽嵩県の実家へ帰った。

家に着いてみると、何も変わりはなかった。ただし、社会が以前とは大きく様変わりしていた。

6　大学入試

中国社会に大学入試制度が復活した。

誰もが人生の前途を左右する大学受験に応募できるようになった。

新郷から帰った日は、大学入試の四日前だった。高校を卒業していないので、中学の教科書を探し出し、四日間急いで復習した。そして、同じ村の青年たちと一緒に数キロ離れた学校まで行き、私にとっては未知数の大学入試を受けたのである。まるで、急いで食事をとり、慌てて人生と運命の道を歩み出すかのように。

その年の試験の内容は覚えていないが、作文の題目は「私の心は毛主席記念堂に飛ぶ」だった。この題目は、悲壮で激しい革命の息吹に満ちている。その作文の中に、私は自分が開墾した大寨《だいさい》（山西省の村、文革時代に自力更生のモデル農村として宣伝された）の棚田に立って、北京の天安門を仰ぎ見ながら、毛主席の生前の栄光を思っている姿を書いた。偉大な指導者に対する空虚で大げさな感情を懸命に煽《あお》り立てた。当時は長篇小説を執筆していたので、長い作文を書くことも難なくできた。真情がこもり、壮大な志にあふれているように見えた。作文の字数指定は千字前後で、四百字詰の原稿用紙が三枚ずつ配られたが、私はびっしり五枚書いた。原稿用紙が足りないので、手を上げて先生に要求すると、監督の先生は大いに驚き、私のところへやってきた。私は整然とした字で、他人が二枚目を書き終えていないとき、すでに三枚目の升目《ますめ》をすべて埋めていた。そこで、監督の先生は私の作文を手に取り、大声で言った。この生徒はこんなに長い作文が書ける。字も丁寧だし、言葉もなめらかだ。きっと大学に受かるだろう。ほかの生徒も、作文を書くときは見習いなさい。

私は、当時の試験監督の先生がどこから来たのか知らない。しかし、彼の話によって、受験生たちの視線は一瞬のうちに私に集中した。その時代の視線がすべて、北京の天安門の楼上に集中したように。

ところが、私はその年、大学に受からなかった。

私たちの県に、大学の合格者は一人もいなかった。数人が地元の師範学校に受かっただけだ。私の受験した試験場には百人ほどの受験生がいたが、中等専門学校の合格者さえ見当たらない。この一斉落第には理由があった。みんなで願書を出しに行った日、百人の受験生は中国にどんな大学があるのか、省にはどんな大学があるのか、洛陽にはどんな学校があるのか、誰一人として知らなかった。願書の記入を担当する先生に、志望大学の欄に何と書けばよいのか尋ねたとき、先生は適当に書いておけと言った。

「適当と言っても、何か書かなくちゃ」

「北京大学と河南大学でいい」

「北京大学は北京にあるけど、河南大学はどこにあるの？」

「たぶん、鄭州だろう」（実際は開封にある）

みんなが、ある問題に気づいた。北京は首都で、政治と革命の中心地、中国人民のすべてがあこがれる聖地である。そこで、誰かが率先して志願校の欄に「北京大学」と書いた。その後、生徒全員が北京大学を志願先にした。

私も同じだった。

当然、合格者は一人も出ない。運命はじつに公正である。

その後、私と同じ試験場だった生徒のほとんどが、翌年も復習と受験を続けた。しかし、私は復習も受験もしなかった。新郷のセメント工場に戻って、山を崩し石灰石を運ぶ臨時工の仕事も続けなかった。私は家で、小説を書きたかった。ちょうど、伯父の家の長男で、有名な職人だった発成《ファーチョン》という従兄が、ダム建設現場で作業班を作った。私は昼間、そこへ行ってレンガ運びなどの仕事をし、左官の仕事を習った。そして夜は、家で長篇小説を書き続けた。大晦日《おおみそか》の夜でさえ、ずっと部屋にこもり、年が明けて爆竹が一斉に鳴り響き、初日《はつひ》が昇るまで創作を続けた。

一九七八年の後半、ついに私はこの小説を完成させた。そして年末に、この土地を離れるという夢を抱いて、解放軍に入隊した。人生の旅路において、最も堅実な、都会人になるための一歩を踏み出したのである。しかし軍隊では、なぜ兵士になったのかと問われるたびに、革命のため、国を守るためと答えた。なぜ創作をするのかと問われたときも、自分の運命のためとは言わなかった。革命に当たって自分の文化水準を高めるため、革命的で文化的で立派な軍人になるためと答えた。革命のためというのが、あの時代の根本だった。革命はあの時代の人間のすべてを覆い尽くしていた。

その後、私が好んで小説を書くと聞いた上官が、作品を読んでみたい、力になってやろうと言った。私は急いで手紙を書き、長距離電話をかけて、私が数年を費やした長篇小説を送ってほしいと兄に連絡した。ところが、兄は翌日、長距離電話をかけてきて、悲しそうに報告した。弟よ、おまえが兵隊になったあと、母さんは毎日の炊事と冬場の暖房のため、おまえが書いた小説を少しずつ、火をおこすために使ってしまった。

「全部、燃やしたのかい？」

「ほとんど全部、燃やしてしまった」

第二章　父を想う

1　畑に立つ姿

父が私たちのもとを去って、今年で二十五年になる。
二十五回の春秋の繰り返しは、とても長い歳月の河であった。この歳月の河の流れの中で、過去の多くの事柄はどうしても忘れることができない。そして、まだ記憶が鮮明で忘れられないのは、やはり私の父と父が生前働いていた姿である。彼は農民であり、労働は彼の本分だった。日夜の労働こそが彼の生のあかし、生存の意義、天地に恥じない一種の道理なのだ。
幼いころから——当時、私はまだ十歳に満たず、就学前だったと思う——私は尻尾《しっぽ》のように父のあとをついて歩いた。父が農作業をしているときは、そばに立って、スコップや鍬《くわ》を振るう様子を見ながら、父の背後に伸びる影を踏むのが好きだった。
これはずっと前のことだ——当時、各家庭はまだ自留地を保有していた。社会主義の人民公社制度の下、土地は公共管理されていたが、各家庭はわずかばかりの自留地を持ち、耕作することができた。それと同時に、山間部や河原の荒れ地を開墾してウリや豆を栽培し、樹木やネギを植えることも、権益として認められていた。我が家の自留地は、数キロ離れた山の斜面にあった。南向きだったが土の質が悪く、黄褐色の石がゴロゴロしていた。田舎の方言では「石ころ畑」という。畑にスコップや鍬を入れるたびに角のない、さまざまな形の石ころに当たる。毎年、土をすくときには、必ず犂《すき》の刃が欠けた。この状態を改善するために、父は数年連続で冬の農閑期に家族を率いて、寒風と降雪の中、自留地の整備に出かけた。鍬で一尺ほど土を掘り、石ころを拾い出す。大きいものもあれば、細長いものもあった。私と下の姉が、それを畑の縁まで運ぶ。あとで、家へ担いで帰るのだ。庭先に積んでおいて、将来家を建てるときに、基礎を打ったり壁を築いたりするのに使う。小さくて形をなさないものは、畑の周囲の溝にばら撒き、風雨による懲罰と暴力にさらされるのに任せた。

父は背丈が一メートル七十以上あった。いまなら長身とは言えない。しかし、数十年前に一メートル七十以上あれば、村では珍しい長身だった。当時、私は父が鍬を頭上まで振り上げるのを見た。鍬の刃先は天空を向き、晴れた日には太陽を引っかけそうになる。曇りの日には、本当に浮雲を引っかけた。見渡す限り山で、私たちの一家だけが畑仕事をしている。あたりは奇妙な静けさに満たされていた。父の振り上げた鍬の刃先が雲を切り裂く乾いた音が聞こえた。そのような音のあと、鍬の刃先は空中にしばらく留まる。そして一瞬のうちに、鍬は力強く落下して畑の硬い土に深く突き刺さった。父の曲がった腰骨が、このとき柔らかな音を立てる。疾走する自動車が跳ね飛ばす砂粒のように、父の汚れた白いシャツの下から発せられるのだ。父はこうして、少しずつ畑を整備した。時間は父の鍬とともに流れ、ひと冬ごとにまた新しくなった。毎朝、山道を登るとき、父の細長い体は力強く見えた。太陽が西の山に沈むとき、父の体は湾曲している。私は、はっきりわかっていた。最初に山道を登ったとき、父の腰骨はまっすぐ伸びていたが、鍬を振るって昼になると、そびえ立つ樹木に重い荷物を掛けたような状態に変わった。樹木はそのまま存在するが、明らかに弓なりに変形している。山の上で、持参した昼飯を食べたあと、樹木は荷物を下ろしたように、再びそびえ立とうと努力する。ところが日が傾くころ、その樹木は完全に湾曲してしまった。重い荷物が二つか三つ掛かったようで、二度と直立することはないと思われた。しかし、父はそれでもなお鍬を力強く空中に振り上げ、刃先を「石ころ畑」に落下させた。その作業は、太陽がすっかり沈むまで続けられた。

私は言った。「父ちゃん、日が落ちたよ」

父は鍬を振り上げたまま、西の空を見て尋ねた。「落ちたか?」

私は言った。「ほら――落ちたよ」

私がそう言うたび、父は本当に日が落ちたことを信用せず、まず私を見てから西の方角をしばらく注視した。そして、確かに日が落ちて黄昏《たそがれ》が到来したことがわかると、ようやく鍬を置き両手を腰に当てて、できるだけ体をうしろに反らせた。曲がった腰から、ポキポキという小気味よい音が響く。父は体を半分回転させると、小高い地面を見つけて横たわり、顔を空に向けた。土くれが父の腰を支えている。父はのびのびと大地をベッドにして、穏やかに呼吸しながら、湿った土をつかんだ。土を握って団子にしたかと思うと、またもみほぐす。それを何度か繰り返したあと、父は身を起こし、整備した畑を見るのだ。それから、等しい歩幅で東から西へ南から北へと歩いて土地を測量し、心の中でしばらく計算する。さらに棒きれを拾って、地面に数字を書いた。赤土にまみれた父の顔には、輝かしい笑みが浮かんでいた。

私は尋ねた。「畑の広さはどれくらい？」

父は言った。「豆を植えれば、粉にひいて一家で半年は食えるぞ。サツマイモを植えるには、もっと深く掘らなければならん」

その後、父は私が拾った石ころを天秤棒《てんびんぼう》で担ぎ、山を下りて家に帰った。石ころは丸石ほど重くはなかったが、石に違いはない。父は鍬の柄を杖の代わりにして、ようやく担ぐことができた。それでも下山の途中、一度か二度休まなければ、家までたどりつけない。父は汗をポタポタと落とし、埃《ほこり》っぽい道に豆粒のようなくぼみを作った。それは日照りの畑に降る雨に似ている。降ったかと思うとすぐに乾いてしまうのだ。私は父のあとから、父が一日使った鍬の刃を担いで歩いた。その重みで、私は地面に押しつけられそうだった。鍬の刃を足元に下ろしたかったが、父はどんどん遠ざかる。私は右の肩から左の肩に担ぎ換え、小走りでついて行くしかなかった。さもないと、黄昏の彼方《かなた》に置き去りにされてしまう。それでも、石ころを担いでいる父の湾曲した背骨が発するミシミシという音は、はっきりと聞こえていた。

家に着くと、父は石ころを外壁の下に置いた。まるで全力を使い果たしたかのように、天秤棒のカゴを下ろすと同時に、自分も石ころの山にすわり込んだ。あたりがまだ暗くなければ、寒さがそれほど厳しくなければ、父はすわったまま動こうとせず、姉たちに食事を運ばせた。夕飯をすませてから、ようやく立ち上がって家に入る。こうして、父の一日の仕事が終わるのだ。このとき私は、家に入るなりベッドに倒れ込んだ父が明日また起き上がれるだろうかと心配した。ところが翌朝、父はまた前日の朝と同じように、私や家族を連れて薄暗いうちから山道を登り、畑の開墾に出かけた。

こうして三年――三度の冬が過ぎ、我が家の畑はすっかり整備された。家の外壁の下に積まれた黄色い石ころも、間口三間の家の壁を築くのに十分な分量になった。畑の周囲の溝に敷いた小石は、その数倍あっただろう。畑ひとつに、あれほど多くの石ころがあったとは、まったく信じられない。あの拡張された自留地は、石ころの間から掘り出されたもので、おそらく数百平米はあったと思う。とにかく、十歳に満たない子供にすれば、まるで広場のようだった。平坦で、土は柔らかく、甘い匂いを漂わせていた。畑の中でとんぼ返りをしても、転げ回っても、ケガをする心配はない。そこで、労働と田畑の意義がわかる。父がこの世で生きた意義もわかる。農民の人生の苦楽のすべてが田畑の中にあることも、田畑に根ざし労働と密接に結びついていることも理解できた。言い換えるなら、田畑と労働は農民の人生のあらゆる苦楽の源なのだ。特に、その年の夏からは大変だった。畑の周囲はしっかり整備した。あぜの部分は石ころで補強し、牛や羊が入りそうなところはトゲのあるナツメの木を植えてふさいだ。畑の両端は鋭角になっていて、犂が使えないので、スコップで土を細かくした。それからキノコのような形の種イモを掘り出し、家族全員で酷暑の中、数キロ離れた山のふもとから水を運んだ。こうして畑が整備されたあと、初めてサツマイモの植え付けができた。

父の労働が天地を感動させたのか、その一年は天候に恵まれ、畑のサツマイモの出来もよかった。石ころを拾い出したときに雑草も根絶やしにしたので、その年の畑には元気のいいサツマイモ以外、草一本生えなかった。通りかかった農民はみな立ち止まり、ひとしきり畑を眺めて感嘆した。このとき父が畑にいれば、生い茂るサツマイモの蔓をもてあそびながら、会心の笑みを浮かべた。

農民は言った。「すごいな。このイモは元気いっぱいじゃないか」

父は言った。「今年は土が新しいからな。来年はこううまくいかないだろう」

農民は言った。「冬に食い物が尽きたら、イモを分けてもらうぞ」

父は言った。「いいとも、いいとも」

サツマイモを貯蔵するために、父は村はずれにある我が家の古い穴蔵を広げたほか、その向かい側に新しい穴蔵をひとつ作った。すべての準備が整い、「霜降」の前後には収穫が始まろうとしていた。収穫に備えて、父はすり減った鍬の刃を鍛冶屋《かじや》に頼んで補修し、一寸ほど長くした。収穫に備えて、父は市場でサツマイモを運ぶためのカゴを買った。収穫に備えて、サツマイモの蔓を縛る縄を用意し、軒下に掛けた。道具も気持ちも体力も準備が整い、あとは「霜降」の日を待つだけとなった。

陽暦の十月八日ないし九日は「霜降」の前の「寒露」で、その半月後が「霜降」となる。「寒露」の日、生産大隊は集会を開き、村の党支部書記が党中央から各省へ、各省から各地区や県へ、そして各県から各生産大隊の党支部書記へと伝えられた公文書を朗読した。その公文書によれば、人民公社は各家庭の自留地の存在を絶対に許さないという。各家庭の自留地は公文書が伝達されたあと三日以内に、すべて回収して公共の所有とする。

それは一九六六年のことだった。

一九六六年の「寒露」の日の昼、父は集会から帰ってくると、昼食もとらずに母屋の入口にすわり込んだ。顔は青ざめ、何も言わず、呆然と天空を見つめていた。母が湯漬け飯を持ってきて言った。「どうするの？　渡すの？」

父は何も言わなかった。

母がまた尋ねた。「渡さないの？」

父は母をチラッと見て、問い返した。「渡さない？　そんなことができるか？」

言い終わると、父は母が持ってきた飯茶碗を見ただけで受け取らず、外へ出て行った。私たちが昼食をすませても、父は帰ってこなかった。夕食の時間になっても、やはり帰ってこない。母は父の行き先を知っていたが、私たちを探しに行かせようとしなかった。私たちも父の行き先を知っていて、連れ戻しに行きたかったが、母はそっとしておくように言った。だから私たちは、呼びに行くことができなかった。あたりが闇に包まれるころ、父はようやく元気なく帰宅した。大きくて赤いサツマイモがいくつもぶら下がった蔓を手にしていた。サツマイモを室内に置き、父は母に言った。「うちの畑は土と日当たりだけでなく、風水もいい。墓場としても最高だ。死んだら、あそこに埋めてもらおう」

父の言葉を聞いて、家族は沈黙した。

月のない星もまばらな夜、沈黙は心を寒くした。

2　家を建てる

父があんなに早く世を去るとは、誰も予想していなかった。母、姉、兄、そして近所の人たちも早すぎると感じた。子供たちには受け入れがたいことだった。しかし父は、病気になった最初の日に、ひとつの悟りを開いていたようだ。つまり、健康な人にとっての死は人生のはるか先にあり、一日ごとに一歩ずつ、そこに近づいていく。手を伸ばせば届くところまで行ったとき、あの世へ連れ去られるのだ。だが病人は、一日ごとに一歩ずつ、死に近づくだけではない。死が向こうから、一日ごとに一歩ずつ駆け寄ってくるのだ。人生には定められた距離がある。速度が一定で、こちらから死に近づくだけなら、比較的長い時間がかかる。だが、死のほうからも迫ってくるとしたら、人生はずっと短くなってしまう。この世の誰もが同じ道のりを歩く。自分一人で、この道のりを歩き通すのが人生なのだ。ところが、私たちの目に見えない黒い死の影も、この道のりを歩いている場合、人生は別のものになる。私の父はきっと、この道理をいち早く知ったのだろう。病気になったため、人生の道のりを向こうから歩いてくる黒い影が、ぼんやり見えたに違いない。そこで、農民として、父として、この世で果たすべき責任をまっとうしたいと強く思うようになった。

農民である父がこの世で成し遂げたいこととは何か？　果たしたい責務とは何か？　この点において、父はあらゆる北方の農民、あらゆる北方の男と同じだった。数十キロ先の県政府のある町までしか行ったことがなく、百キロ先の洛陽まで行くとなれば人生の一大事という農村の父親たちと同じだった。彼らは父親になった日から、心に決めている。彼らの最も大きな、最も重要な責務は、息子に家を建ててやること、娘に嫁入り道具を揃《そろ》えてやることである。子供たちが結婚し、独立する姿を見届けたい。これがすべての父親にほぼ共通する人生の目的、唯一の目的だった。

父は病気のせいで、この目的をより明確に、より強烈に、より単純に意識していたと思う。父が生前に成し遂げなければならないことの中で、最も差し迫った課題は子供たちの結婚であった。そして、理想的な結婚は家屋の基礎の上に成り立つものらしい。立派な家屋を持っている家の子供は、理想的な結婚の基礎があることになる。家屋は農家の豊かさの象徴だった。ある村で、立派な家屋を持っていれば、社会的な地位が高くなる。父はあらゆる農民と同様、この点を理解していたので、精力と財力のすべてを子供たちの家を建てることに注いだ。瓦屋根の家を建てることが、父の人生の目的、一生の願いとなった。

いまはもう、最初に住んでいた瓦屋根の家の建築当時の様子は覚えていない。記憶にあるのは、あの間口三間の瓦屋根の家の周囲が土壁だったことだけだ。道に面した山形の壁には、山の畑から運んできた黄色い石が積んであった。ほかの三方の壁には、麦糠《むぎぬか》を混ぜた泥が塗られていた。春になると、三方の壁から細い芽が伸びてくる。半円形の小さい瓦が屋根に並んでいるところは、どの角度から見ても、「人」という文字の行列、あるいは空を飛ぶ雁の群れのようだった。通りかかった人たちは老若男女を問わず、みな立ち止まって、あの瓦屋根の家を眺めた。いかにも玄人らしく、数年前に父が開墾し広げた自留地を見たときのように、彼らの顔には羨望の色と無言の称讃が浮かんでいた。その瓦屋根の家に住み始めたあと、母は何度か笑顔で私たち兄弟に語った。家を建てる前、父さんと私は百キロ以上離れた山奥まで行って、オオカミが出る谷間から垂木を運んできたのよ。母はいまでも、ときどき口にする。家を建てた年の春節は、ひと粒の小麦も、ひと握りの小麦粉もなくて、人様から小麦粉を借りて、お前たちに少しずつ餃子《ギョーザ》を食べさせた。父さんと私は、ひとつも餃子を食べなかった。母はさらに語った。あの年は、サツマイモの粉を小麦粉の皮で包み、餃子を作ろうとした。子供たちに白菜餃子をたくさん食べさせようと思って。でも、何度やっても、サツマイモの粉に粘り気がないので失敗した。餃子になりそこねたサツマイモの粉の塊は、父さんの年越しのご馳走《ちそう》になったのよ。

これが私の最初の家の記憶である。次に記憶しているのは、新たに建てた間口三間の瓦屋根の家だが、安普請《やすぶしん》のため、しばしば雨漏りしていた。毎年、雨期になると、室内のあちこちに鉢や缶が並んだ。この雨漏りのひどい家を改築するため、父はまた数年、力を費やした。そしてついに、雨漏りを防いだだけでなく、家の四隅にレンガを積んで柱とし、戸口と窓の周囲もレンガで縁取りをした。道に面した山形の壁と家の正面の壁は、細長い石で補強した。この石壁は一平米ごとにレンガで仕切られていて、瓦屋根の家が格子模様の服を着たように見えた。防水効果だけでなく、景観においても、その美しさが注目を浴び、ますます羨望の的となった。

これが父の業績である。

これが父の人生の目的のひとつであり、この世に生きる意義を実感する根拠だった。現在であれ当時であれ、「喘息《ぜんそく》」という父の病気は、一刻を争う深刻な不治の病ではない。今日の人々から見れば、頭痛や発熱のようなものだ。しかし、頭痛や発熱がすぐに治まるのに対して、喘息は重症化する可能性がある。最後は致命的な肺性心に転化してしまう慢性の病気だ。辺鄙な山村では、ほとんどの老人がわずらっている。五十、六十を過ぎると、若いころからの過労や寒さのため、頻繁に風邪を引き、老人の半数以上がこの病気にかかる。この病気で最終的に命を落とす農民が跡を絶たない。言うまでもなく、父はそれまで多くの人がこの病気のために世を去るのを見てきた。言うまでもなく、父はこの病気にかかったら、若さと体力そして幸運に恵まれて完治する場合を除いて、多くは最終的に命を落とすことを知っていた。

ほかの人たちと違って、父は三十前にこの病気にかかった。若くて元気だったから、あまり病気を気にかけず、症状がひどくなると借金して薬を飲んだが、症状が軽いときは休まずに働いた。そうやって十数年が過ぎ、悪循環を繰り返したあげく、ついに五十を前にして、毎年冬になると七十歳の老人のような発作を起こすようになった。そこで父は、何とか急いで家を建てようと考えた。子供たちを一日も早く成人させ、結婚させる。一人結婚させれば、ひとつ念願がかなうことになるのだ。

私たち兄弟姉妹四人の結婚は、今日すでに村から町に変わった故郷の隣人たちから見ると、比較的たやすいと思われた。それは私の両親と兄弟姉妹の人柄のほか、父が病気と飢餓に苦しみながら建ててくれた瓦屋根の家と無関係ではなかった。わずか百数十平米の小さな敷地の中央に、間口三間の母屋、東西にそれぞれ間口二間の脇部屋がある。合計間口七間分の家屋と残された庭からなる家だった。河南省西部の農村に多い、比較的裕福な農家である。家を建てるために、父は毎年の節句のときも、めったに服を新調しなかった。家を建てるために、父は家のまわりの空き地に桐と楊樹《ようじゅ》を植えた。冬になると、樹木の苗に石灰を塗り、ワラを巻いて、冬を暖かく越せるように保護した。春が来ると、父は子供たちの綿入れを脱がせるように、巻いてあったワラを取りはずした。そして、子供たちの手が触れないように、樹木の周囲にトゲのあるナツメの木を植えた。父はこのように、自分の子供をかわいがるように、小さな樹木を愛護した。樹木は数年あるいはそれ以上たてば、中年もしくは老年になり、我が家の棟木として使える。我が家の間口七間の家屋はすべて瓦ぶきとなったが、瓦屋根の家を村で最初に建てたのは父ではなかった。しかし、鶏小屋や豚小屋も含めて、草ぶきの家屋をひとつもなくしたのは父が最初だった。しかも、我が家の庭には平らな石が敷きつめられていた。父は喘息がひどくなってからも、寒さ避《よ》けのマスクをして、私たち兄弟と一緒に荷車を引いて出かけた。幅数十メートルの結氷している厳寒の伊《イー》河を渡り、十キロほど離れた谷川へ行き、厚さ数センチの平らな赤い石を見つけて持ち帰った。そして庭の便所や豚小屋への通路に置いたので、百数十平米の敷地は土の部分がなくなった。雨の日、通りや他の家がぬかるみになっても、我が家だけは汚れなかった。そんな天気の日には、我が家の敷地内に近所の農民が集まった。彼らは泥のない庭や屋内で、マージャンをしたり、談笑したりしていた。話題は運命、生と死、病気のことなど。私たちの家とそこに暮らす農民の人生は、農村における建築と生活の模範と見なされた。

あの家とそこでの生活は確かに、私たちの村とその周囲に多大な影響を与え、多くの農民を発奮させる効果があった。しかし、血縁関係のある少数の親戚たちは、父がそのために健康を犠牲にし、命を縮めたことを知っていた。最後に東側の脇部屋を建てるとき、父は私たちを連れて、河を渡って山奥まで行き、土台にする石を運んだ。石を満載した荷車は帰りに伊河を渡るとき、沈没してしまった。私たち兄弟がズボンのすそをめくり、河に入って荷車を押したが、なかなか動かない。手と顔は凍えてしまい、足は水中でガタガタと震えた。このとき、父が振り向いて梶棒を離れ、私と姉を水中から岸辺まで連れて行ってくれた。私たちの足を綿入れで包むと、父はまた引き返した。そして兄と一緒に、百キロあまりの石を荷車から次々に下ろして、岸辺まで担いで運んだ。荷台の石が半分ほどになると、ようやく荷車を水中から岸辺へ引き上げることができた。河から上がってきた父は首に青筋が浮き出て、大汗をかいていたが、手や肩や足など、服のあちらこちらに氷が貼りついていた。私たちは急いで駆け寄り、父と荷車を出迎えた。荷車が岸辺の乾いた場所に停まったあと、私たちはようやく父の異変に気づいた。父は喘息の発作で、呼吸困難になり、顔が青ざめ、額に汗をかいていた。父の顔色が悪く咳が止まらないのを見て、姉が慌てて父の背中をさすった。しばらくすると、父の呼吸は落ち着いた。兄も水に濡れた石を抱えて、河から上がってきた。兄は石を荷車に積み、父の顔を見ながら言った。「どうしても家を建てるのかい？　そのために命を落としたら、元も子もないじゃないか」

父はすぐに返事をしなかった。兄をひと目見て、私たちを見つめ、それから視線を何もない遠くに向けた。しばらく何か考えて、決心をした様子で、ようやく向き直り、子供たちに告げた。

「おれの喘息がまだ軽いうちに、できることなら家を完成させたい。さもないと、病気が重くなって動けなくなる。おまえたちに家を残せなくなる。生きているうちに、おまえたちが一人前になるのを見られない。それじゃ、おまえたちに申しわけない。人生に悔いを残すことになる」

実際のところ、父の病気は若いころの過労に遠因があり、治癒が難しくなったのだが、子供たちのために家を建てる過程で発病した。我々兄弟姉妹の中で私はいちばん年下だったから、一九八四年十月に最後に建てられた間口二間の瓦屋根の家で結婚をしたことによって、父の最後の願いをかなえた。そして間もなく、父は我々のもとを去り、別の世界で安らぎと平穏を求めることになった。

3 殴打

現在までの二十四、五年の間、父が私に話しかけることはなかった。父を埋葬した墓の前に立つ柳の木はもう、かなり太くなった。父は二十四、五年の間に、子供たちや私の母のことを思っただろうか？　思ったとしたら、何を思ったのか？　何を語ったのか？　しかし、私は二十五年間、ずっと父を思ってきた。子供のころ、父に叱られ殴られたことも思い出した。父の思い出はいつも、殴打から始まるような気がする。

最初は私が七、八歳のときだった。少年期、小学生のころである。学校は町の古い廟の中にあった。家から一キロあまりだったろう。毎年、春節の前になると、父は何とかやりくりして数元の金を用意した。それを知人に託して「農村信用組合」で真新しい一角の紙幣に交換する。枕元のムシロの下に隠しておいて、元日に息子や娘、甥や姪に、そして正月十五日までに訪ねてきた親戚の子供たちに配るのだ。しかしある年、父が配ろうとしたとき、百枚近くあった一角の紙幣が、残りわずかになっていた。その年、私はムシロの下の真新しい紙幣をいち早く発見した。同時に、通学途中にある遠縁の親戚の家で、ゴマ入りのお焼きを一個一角で売っていることにも気づいた。毎日、登校時にこっそり、ムシロの下から紙幣を一枚抜き取り、途中でお焼きを買って食べた。そのうち大胆になり、二枚抜き取って、帰りにも一個、買い食いした。元日から五日まで、父は怒っている素振りがなく、私を叱ったり殴ったりしなかった。いつもと同じ接し方だったので、私は上機嫌で春節を過ごした。ところが六日目に、父は金を盗まなかったかと尋ねた。私が否定すると、父は厳しい声で私をひざまずかせた。再び同じ質問をして、私が依然として否定すると、父は私の顔を平手打ちした。もう一度質問し、それでも否定すると、父はさらに激しく私の横っ面を張った。合わせて何発、殴られたのかは覚えていない。私が盗んだことを認めると、父はようやく手を止めた。顔が熱く痛かったので、私は我慢できずに罪を認め、盗んだ金で買い食いしたことを白状した。すると、父は何も言わずに顔をそむけた。なぜ顔をそむけたのだろう？　父は私だけでなく、兄や姉たちのほうも見なかった。父が向き直ったとき、その目には涙が浮かんでいた。

二回目も、十歳に満たないころだった。私は同級生たちと一緒に他人の畑に忍び込み、キュウリを盗んだ。キュウリを盗んだだけならば、父は私を殴らなかったかもしれない。少なくとも、前回ほど激しく殴ることはなかっただろう。キュウリを盗んだだけでなく、同級生の中にキュウリ畑の売上金を盗んだ者がいたのがまずかった。畑の持ち主は同級生の家を順番に訪れて言った。キュウリを食べたことは水に流そう。しかし、キュウリの売上金は生活費の一部だ。返してもらわなければ、家族は生きて行くことができない。父は私が金を盗んだと思ったのかもしれない。私には前科がある。畑の持ち主が帰ったあと、父は門を閉ざし、私を庭に敷いた石の上にひざまずかせた。まず私をパンパンと殴ったあと、金を盗んだのかと尋ねた。私は本当に盗んでいなかったので、きっぱり否定した。父はまたパンパンと力の限り私の顔を打った。そして息を切らしながら、しゃがんで私の顔をまじまじと見つめた。私の顔は、ふかふかの畑のようにふくらんでいた。悔しさで夜の食事も喉を通らず、私は早々にベッドへ向かった。すぐ横になり眠りについた。夜中に父が私を揺り起こし、同じ質問をしたようだった。「本当に人様の金を盗んでいないか?」私は父に向かってうなずいた。その後、父は私の頭をなでてから、また顔をそむけ、窓の外の月明かりに目を向けた。しばらくすると、父は外に出て、私をひざまずかせた敷石の上の腰掛けにすわり、空を見つめた。私がまたひと寝入りして小便に起きたときも、父は夜露に濡れながら、じっとそこにすわっていた。

父はそこにすわって何を考えていたのだろう。数十年が過ぎたいまも、私にはわからない。父はそこで反省をしていたのか? それとも、家族や人生のことを考えていたのか?

三度目は、殴打されて当然だった。顔が腫《は》れ上がるまで、血が流れるまで殴られても仕方ない。しかし、父は殴らなかった。私が殴られないように仕組んだのだ。そのとき、私はもう十歳を過ぎていた。村役場に遊びに行き、役人の宿舎の窓辺にアルミの容器に入ったカミソリが置いてあるのを見つけた。私は窓の隙間から手を差し込んでカミソリを盗み出したが、父には道で拾ったと嘘《うそ》をついた。

「どこで拾った？」

「役場の門の前だよ」

父は細かく詮索《せんさく》することをしなかった。私ももはや、単純で素朴な田舎の子供ではなかった。その後、父はそのカミソリを長く愛用した。二、三日おきに父がカミソリを使っているのを見るたび、私は心の中がとても温かくなった。それはまるで、私が父のために買った贈り物のようだった。なぜか、私は盗みを働いたことを後悔しなかった。カミソリを盗まれた役人がどんな人なのか、考えてもみなかった。数年後、兵隊となった私が休暇で帰ったとき、病中の父がまだそのカミソリを使っているのを見て、言いようのない胸の痛みを感じた。私は父に言った。「そのカミソリ、ずいぶん長く使ってるね。今度、新しいのを持ってくるよ」父は言った。「必要ない。まだ平気だ。丈夫だから、おれが死んだあとも使えるだろう」

それを聞いて、私は涙をこぼしそうになり、私を殴ったかつての父のように顔をそむけた。

顔をそむけた私は、庭の塀に貼ってある古い『河南日報』をちょうど目にした。鄭州市の雑誌『百花園』の一九八一年第二期の目次が載っている。その目次には、「補助金を受け取る女」という私の小説があった。私は父に言った。小説を雑誌に発表したんだ。題名と作者の名前が、あの塀に貼ってある新聞に載っているよ。父は剃りかけの顔をこちらに向けて、私が指さした新聞のほうを見た。

二年あまりのち、父は病死した。帰宅して父の葬儀を終え、遺品を整理していたとき、私は窓辺にそっと置いてあるアルミの容器に入ったカミソリを見つけた。黄色い塗料がすっかり剝げて、アルミの容器は白く光っている。一方、斜め向かいの庭の塀に貼ってあった新聞は、『百花園』の目次の私の名前の部分が、何度もこすられて黒ずんでいた。「閻連科《イエン・リエンコー》」の三文字は、ほとんど判読できなかった。

父が世を去って、すでに四半世紀が過ぎた。この二十四、五年の間、私はずっと小説を書き、ずっと父を思ってきた。そして父を思うたび、殴打されたことを思い出した。意外なことに、今日では父に殴られたことが私の慰めであり、幸福でもある。思い出すたび、私は思わず息子の頭をなでる。残念ながら、父に最も激しく殴られるべきとき、私はうまくごまかしてしまった。しかし現在も、私はあの正真正銘の窃盗《せっとう》を悔やんでいない。ただ、あのとき父に、盗みを働いた私をもう一度激しく殴ってほしかった。父が生きている間に、あと十回くらいは殴られたかった。いまも父がかつてのように私を叱り殴ってくれたら、どんなに幸せで、どんなに慰めを得られるだろう。

4　親不孝

私はまったく思ってもみなかった。あと一年もしないで、来年の陰暦十一月十三日に、父の逝去から二十五周年になるとは。実際のところ、二十五年間、私は父の命日を一度もはっきり意識したことがない。そして二十五年前まで、私は父の誕生日を一度も意識したことがなかった。いま机に向かい、この古い記憶を書きとめるに当たって、私は「陰暦十一月十三日」の二つの数字を空白にしておく。あとで確認して数字を埋めるとき、二つの空白を見つめ、私は父に対する親不孝を後悔するだろう。息子として父に、どれほどの借りがあるかを思い知るだろう。

二十五年前、亡父は旧居の母屋で、戸板の上に敷かれたムシロに横たわっていた。私と兄、姉たちがそばに付き添い、人生の苦難を逃れようとしなかった父を静かに見守った。私は父の葬儀を終えたら、父のために何か書こうと決心した。父の人生と父がいかに人生を愛したかを書き記すことで、息子としての気持ちを示そうと思った。たとえ、数百字でもよいから。しかし、実際に父を埋葬したあと、私は妻子とともに河南省嵩《ソン》県の田湖《ティエンフー》という片田舎を離れ、河南省東部の古都にある軍営に戻った。仕事と新婚の喜びと文学に対する熱意のために、父の霊前にひざまずいて誓った決意をしだいに忘れてしまった。たまに思い出しても、約束を破ったことに対する良心の不安を自ら慰めた。三周年のときに書こう。三周年は大きな節目とされているから。だが三年が過ぎたとき、突然、兄から手紙が来て、父の三周年はもう終わったと告げられた。兄は姉や叔父たちと一緒に父の墓へ行き、新たに土盛りをしたという。私は慌てふためき、深く恥じ入った。その日は午前中の仕事が終わり、同僚たちが出て行ってからも、私はがらんとした事務室に一人で残った。兄の手紙を机の上に置き、窓の外の冬景色、楊樹の枝の間を行き来する鳥の姿を眺めていた。残っていた枯れ葉が舞い落ちるとき、月光とすれ違って立てるような音を聞いた。兄の手紙は私の涙で、ぐっしょりと濡れていた。涙と不安、悔恨のうちに時間がゆっくりと流れていく。私は静かにすわって、反省と後悔を続けた。昼食を終えた同僚の足音が事務室に響き、私の二歳になる子供が食事に呼びにきたので、私はようやく我に返った。事務室から家に帰る途中、私は活気ある世界、生気あふれる通行人を目にした。父のことを思って、何度も横を向いて涙を拭った。わけもなく何度も子供の頭をなでながら、自分に告げた。十周年のときに、父の一生について何か書かなかったら、父のために何かしなかったら、私は息子とは言えない！　私はよい死に方をできない！　ところが、何年たっても、私は依然として父の誕生日と命日を思い出さなかった。父のために何か書き、何かするという涙の約束を忘れてしまった。涸《か》れた河のほとりを歩く人が、かつての水の流れを思い出さないように。おそらく、私は父の生涯を忘れてしまったのだ。多くの場合、父の人生は私の記憶から追い出されていた。父の人生は軽んじられ、疎《うと》んじられてしまった。私は自分の身に父の血が流れていることも、それが私に生命を与え、一人前の大人にしてくれたことも忘れていた。この世に因果応報があるとしたら、私は父に対する度重なる背信によって、どんな報いを受けるのだろう？　父はこんな息子をどう見ているのだろう？　誓いを立てた私は、よい死に方をできないのだろうか？　いつの日か、この世を去って父と再会したら、永遠にひざまずかされるのだろうか？

きっとそうだろう。なぜなら、私は父に対して、とんでもない親不孝を重ねてきたから。

いや、そうではない。なぜなら、私は父の手で育てられた息子なのだから。それに今日、私は書き記した。私は父の生と死を通じて、人生を省察し、自分の善と悪に向き合い、この世のあらゆる生命の生と死、あらゆる物質の盛衰を見つめることができる。河の水が涸れ、枯れ葉が散り、あらゆる生命が私の生命の中で消失と再生を繰り返すのを見届けることができる。

5 病気

父は病気で死んだ。

人口数千人の町の住人は、ほとんどみんな、父が病気で死んだことを知っていた。喘息、肺気腫が進行して、最後は慢性肺性心になった。しかし、よく考えてみると、病気は父の死の表面的な原因にすぎない。根本的、潜在的に父の死を早めたのは、私たち兄弟姉妹四人に対する父の憂慮である。そして、最も直接的な原因は、私に対する絶えることのない大きな心配だった。

事実上、私の頑固さが父の病気を再発させた。父が五十八歳の若さでこの世を去り、私の母や兄姉たちと別れなければならない根本的な原因を作った。言い換えるなら、父は私のせいで、あまりにも早く人生を終え、苦しくても深く愛していた世界に別れを告げたのだ。

父の命を縮めたのは私だ。

思えば、私が物心ついて以来、我が家は十年一日のごとく、何ら輝きのない生活を送ってきた。当時は文革開始の前後で、中国の農村の生活は一年じゅう、飢餓の真っただ中にあった。春節が来ても、餃子を食べることができない。母親は門を閉ざして、大晦日の夕方にこっそり、サツマイモの粉を小麦粉の皮で包んだマントウを作った。それは、我が家に限ったことではなかったらしい。近隣一帯の中で、我が家の独特の事情と言えば、父が早くから喘息をわずらって完治しないうえに、上の姉が幼くして難病にかかったことだ。百数十平米の敷地には、姉の正体不明の泣き声が響いていた。それは巨大な樹木のように、一年じゅう枝葉を茂らせ、父が懸命に支えようとする生活に影を落とした。冬は光をさえぎり、夏は風を止めてしまう。いま考えると、姉の病気は街角の広告で見かける無菌性大腿骨頭壊死の症状に違いない。しかし、数十年前当時は、町の診療所でも、農民が災難の場所のように思っている県の病院でも、外国に匹敵するような洛陽の人民病院でも、判で押したように医者は首を振り、病気の原因はわからないと言った。我が家は穀物、野菜、樹木、卵をすべて現金化し、家畜の飼育で得た収入も合わせて治療費に注ぎ込んだにもかかわらず。姉の病気を治すため、父は姉を支え、姉を背負い、姉を荷車に乗せて、医者と薬を探し回った。どれだけの靴をはきつぶし、どれだけの道のりを歩き、どれだけの涙を流したか知れない。家を建てるために用意した木材も売った。まだ成長していない豚も、卵を生むニワトリも売った。兄は十五歳で、五十キロ離れた炭坑へ行き石炭を掘った。下の姉は十三歳で、町の荷車を引いて数キロ先の山奥まで行き、砂と石の運搬をした。一立方につき五角の値段で、町の道路建設現場やコンクリート工場に売れるのだ。私も十三歳で、作業班に加わってレンガや石灰を運ぶ仕事をした。長年にわたり、父の病気は棚上げにされて、姉の病気を治すことが我が家の生活の中心を占めた。農作業、出稼ぎ、物品の現金化など、みんなが東奔西走しながら、姉の病気のために一喜一憂した。

姉の手術のときは、輸血用の血液を確保するため、父、母、兄、下の姉、そして私が病院の入口に並んで、採血の順番を待った。私は自分の目で見た。ハエがたくさん止まっている机の上に兄の腕が伸び、冷たい光を放つ針が兄の血管に挿し込まれる。真っ赤な血液が管を伝ってポタポタとガラスの容器の中に落ちる。容器の中の血液は、兄の黒い顔が黄色に変わり、さらに黄色から青白くなるにつれて、しだいに量が増えていった。容器がいっぱいになると、医者は兄の顔を見て言った。きみの家族の血液型はみんな合致する。ほかの人と交替しなさい。兄は言った。母は体が弱いし、父は病気です。おれの血をもっと採ってください。医者は言った。妹さんの血を採ろう。きみから採りすぎると、体に悪い。兄は言った。妹は女だから、おれのを採ってくださ い。医者は言った。弟さんは？　兄は言った。おれのを採ってください。弟は幼いし、これから出稼ぎに行って、重労働をするから。その後、医者は容器に挿してあった針を抜いて、別の空の容器に挿し込んだ。それはある冬の日で、暖かい太陽が血液の容器を照らしていた。容器の中の血液は、透き通った赤色をしている。容器の壁面を伝って、泡が浮かんではまた消えた。その年、私は十四歳だったか、十五歳だったか。とにかく多感な少年時代で、すでに運命を実感していた。晩秋に芽を出した草のように、間もなくやってくる厳冬を前にして、成長する余裕がなく、震え上がった。私は、いつの間にか容器の中で増えていく血液を見ながら、血液が滴り落ちる音と泡が壁面を伝ってはじける音なき音を聞き、兄の青白い顔を見つめた。そして、その一瞬、兄の非凡さを痛感した。私は品性において、兄と肩を並べることは一生できないと思った。

その年、姉の病気は少しも好転しなかった。

その年、春節前後の数日間、姉は家族を喜ばせて憂いを減らすため、両親と弟妹たちに楽しく正月を過ごさせるため、病状がよくなったと偽って部屋にこもった。痛みに襲われると唇を噛《か》み、顔を真っ赤にしてこらえ、声を出さないようにした。どうにも我慢できないときは、家の裏や村はずれの人気《ひとけ》のない場所へ行き、髪の毛をかきむしり、頭を塀に打ちつけた。そして激痛が治まると、笑顔を浮かべて家に帰った。母の食事の準備を手伝い、父のために給仕をし、弟や妹の服を洗った。それによって、何か罪を償うかのように。

その年、我が家は平穏な春節を過ごした。やはり借りてきた小麦粉で、大晦日の夜と元日の朝に、父は私たち兄弟姉妹においしい餃子をたらふく食べさせてくれた。だが、その年の春節、父が吸ったタバコの量はどの春節よりも多かった。まるで一生かけて吸うべきタバコをこの春節で吸い尽くそうとしているかのようだった。

やはりその年、私はひそかに心の中で、激しい欲望を抱いていた。人生を変え、運命から逃れるための道を切り開こうとしていたのかもしれない。個人的な奮闘のために、力を蓄えていたのかもしれない。家族や父がこれから陥る罠《わな》を無意識のうちに仕掛けていたのかもしれない。とにかく、その年、私は家を出ようと考え始めた。数年しても手段がなければ、兵隊になって出て行こうと考え始めていた。

6　戦争

実際のところ、私は考えを抱いたのではなく、利己的な信念を持ったのだ。考えはいつでも、他人の説得や自分の意志で変更できる。しかし、信念は抑えつけることしかできず、変えるわけにいかない。中学を卒業して最初の冬、私は十六歳となり、誰にも知られることなく入隊を志願し、検査を受けた。しかし、帰宅すると、母が泣きながら私を出迎え、父は簡単だが重みのある言葉で私を説得した。「連科、もう少し勉強を続けなさい。人生で、いちばん大事なのは勉強だ。たとえ帝王となる運勢の持ち主でも、教養がなければ王位を保つことはできないぞ」これが父の言葉だった。父は痩せて、背が高く、顔はいつも黄土色をしていた。知っている字は少ない。子供たちの将来については、何も言わず、手出しもしなかった。ところが、たまに口にする言葉は、農民が長年の人生で得た真理に満ちていた。

私は父の指示にしたがって高校で勉強を続けた。そして運命のなすがまま、高校卒業前に河南省新郷のセメント工場へ行き、臨時工となった。従兄と一緒に毎日、駅から十数キロ離れた工場まで、重さ五百キロ以上の石炭や重さ一トンの砂を運んだ。一日に二回分の十六時間働き、無人の山頂で石灰石を採掘した。私は毎月、スズメの涙ほどの賃金を食費だけ除いて、すべて家に送った。父を通じて、姉の長期療養のために隣人や親戚から借りた金をそれで返済したのだ。いま思えば、私の当時の仕送りは我が家の大きな希望だったろう。それは家庭生活を維持するための大きな支柱であり、生活という船が歳月の河を渡っていくための櫂《かい》である。少なくとも、それは一家の主としての父の肩にかかる重圧を軽減した。しかし、運命が私に告げた。私は父の友人の推薦によって、軍隊に入れる可能性がある。私は自分が大学入試に合格する可能性がないことを悟っていた。もう二十歳で、ここで兵隊にならなければ、苦難の土地を離れて自分の念願を果たす機会は永遠に失われてしまう。私はある日の夜、突然、父のベッドの前に立った。

「父さん、おれは兵隊に行くよ」

室内は静かだった。よく消える電球が部屋の中央に、蜘蛛の巣にまみれてぶら下がっている。この家では依然として、石油ランプが照明の主役だった。ランプの明かりは黄土色で、照らし出された人の顔がいつも病的に、栄養不足に見えた。私の話が終わると、母がベッドから起き上がり、呆然と私を見つめた。いまにも家が倒壊するのを見たかのように、その顔は驚きに満ち、言いようのない憂慮が浮かんでいた。母は私が片時も忘れたことのない「家を出る」という決意に対して、待ったをかけると思われたが、実際は何も言わなかった。ただ、ゆっくりと山を動かすように、視線を父の顔に移した。母が視線を移すとき、山から石が転げ落ちてきたような音が聞こえた。父は土気色の顔を上げ、私を見た。歳月を刻む額の皺が増えただけで、父の目、鼻、そして興奮すると震え出す口に変化はなかった。数年来、父の病気は少し好転していたのかもしれない。あるいは、姉の重病のせいで、病状が軽く見えたのだろうか。父はベッドの枕元にすわり、布団をかぶっていた。表情は異常なほど冷静沈着だった。私が兵隊に行くと言ったのではなく、定期市に行く、もしくは叔父さん叔母さんの家へ数日出かけると言ったかのようだ。父は平然と私を見つめ、平然かつきっぱりとこう言った。「兵隊に行け。家にいても、何の希望もないんだから」

思えば、これは父の荘厳な承諾だった。数百年前から考えていた返答のようでもある。この返答のために、父は私の問いかけを本当に百年以上待ち、精根尽き果ててしまったようだ。だから父の返事は、淡々としていると同時にうんざりした様子だった。

こうして、私は兵隊に行った。

毅然として、従軍したのだ。

軍隊に入ったと言うよりは、農村から逃れたと言うべきだろう。農村から逃れたと言うよりは、家族を裏切ったと言うべきだろう。家族を裏切ったと言うよりは、息子が父親と家族に対して担うはずの責務を放棄したと言うべきだろう。その年、私はもう二十歳だった。二十歳の私は、たくましさを増し、九十キロの天秤棒の荷を担ぐことができた。そればかりか、父が背負っている災難のすべてを代わりに担うことも可能だった。しかし、父が運命に抵抗する力を与えてくれると、私はその力を使って、父と母が望まない方向に走り出した。体格検査、政治審査、関係者の推薦を経て、ついに私は入隊通知書を受け取った。

ついに私は、人生の里程標であり、分水嶺でもある軍服を着ることになった。

家を出たのは、寒い朝だった。父は私に最後の言葉をかけた。「連科、安心して行け。家のことは心配するな。天が崩れるはずはない」父はそう言ったが、私が出かけて間もなく、ガラガラと音を立てて、本当に天が崩れてしまった。一九七九年二月十七日、「自衛反撃戦」と呼ばれた中越戦争が勃発した。中国軍は中印戦争以来、二、三十年、戦争をしていなかった。平和ムードが大気のように、十億人の中国人の頭上を覆っていた。ベトナムに対する突然の宣戦布告は、軍隊にとっても庶民にとっても、青天《せいてん》の霹靂《へきれき》だった。血まみれの緊張と戸惑いに襲われたことは言うまでもない。考えてみると、私は軟弱で、幸運でもあった。戦争勃発の一か月後、当時の武漢軍区の創作学習班に参加したときに鄭州を通り、ついでに寄り道して家に帰ったのだ。思いがけず、到着は日が西に傾くころになった。春まだ浅く、冬の寒さが残っていた。淡いオレンジ色の夕日の中に、厳しい寒気が感じられた。私は日が落ちると同時に村に着き、家の敷地に足を踏み入れた。母が軒先で、重湯の入った茶碗をかき混ぜている。私は大声で母に呼びかけた。母は振り返って私を見た。手元がおろそかになり、持っていた茶碗が落ちた。破片が飛び散り、白い重湯が地面に流れた。

　正直言って、私は優秀な兵士でもないし、よい軍人でもなかった。戦争を待ち望むことはなく、軍人としての功績を願うこともない。これは二十五年間の軍隊生活と戦争から得た、拭いようのない心象風景である。その日、私が帰宅して目にした光景は、その延長だった。髪が白くなった叔母たちが慌てて家から出てきた。二人の姉も涙を浮かべながら出てきた。近隣の人たちも、急いで我が家に集まった。私を見て、誰もが涙を流している。予期せぬ私の帰宅を知って、誰もがうれしそうな顔をしている。

父は最後に、家の裏から現れた。歩みが遅く、まるで老人だった。そのとき父は、まだ五十二歳だったのに、背中が少し曲がっていた。もともと痩せてはいたが、いまや骨と皮しか残っていない。私を見て、父は驚きと興奮の表情を浮かべたが、その表情の下に、私の突然の出現に対する憂慮が見え隠れしていた。どうして父は二か月の間に、こんなに年老いてしまったのか？　黒かった髪が、急にすっかり白くなってしまった。少し歩くと、つらそうに立ち止まり、何度も大きな息をつく。どんなに激しく呼吸をしても、空気が足りないかのように。このとき、私はようやく事実を知った。中越戦争開始から一か月ほどのうちに、うちの親戚たちが全部で三十人あまり、続々と我が家に帰ってきた。寒い中、地べたで寝泊まりして、粗末な食事を分かち合った。一緒にラジオで前線の情報を聞き、毎日交替で郵便局へ行って、私からの手紙が届いていないか確かめた。ひそかに廟を参拝し、神々の像の前で香を焚き、私の無事を祈った。そして父は、戦争のため私を心配すると同時に、家が人でいっぱいになったせいで、眠れなくなった。夜中にベッドを出て、一人で裏庭へ行き、寒い中を夜どおし散歩した。戦争が続いた一か月あまり、父はひっそりした裏庭で約三十日間、夜を過ごした。裏庭の湿った土が父の足で踏み固められ、春になったら伸びてこようとしていた草の芽は、完全に土の中に閉じ込められてしまった。

　こうして、長年父にまといつき、ようやく治まりかけていた喘息が、私が兵隊に行って二か月の間に再発した。しかも、病状はますます悪化していった。思いがけないことに、今度の再発は治療不可能な禍根を残し、六年後の死の直接の原因になってしまった。あの体験がなければ、私は戦争が庶民にどれほど重大な影響を与えるか、理解できなかっただろう。息子を軍隊に送った父親がどれほど息子を心配し戦争に敏感になるかも、理解できなかっただろう。

　父が死んで二十数年間、私は何度も、父の気持ちを考えた。父は夜更けにただ一人、三本の桐の木と一本のチャンチンの木しかない裏庭を歩いていた。空は星もまばらで、寒さが身にしみたはずだ。家族を起こさないために、父は足音を忍ばせていた。そのとき、父は千年の平和を享受してきた足元の土地に対して、何を語っただろう？　足元の土地は、父をどう思っていたのか？冬を乗り越え、春の到来を待つ草の芽は、私がこの土地から逃れたあとに出会った戦争に対して、私の父と何を語っただろうか？　まだ二月で、桐の木は芽吹いていない。しかし、ラッパの形をした赤い花が遠慮なく開花し、静寂の空に向かって、かすかな声を発していた。それは、いくつも文字を知らない、純粋な農民である父が、深夜に語った心のつぶやきではなかったか？　言うまでもなく、父は寒い夜に、歩き疲れた。気管支の病気は、立ち止まって休憩することを要求した。そこで父は静かにたたずみ、広々とした空を眺めた。静寂の中、聞こえるはずのない南方の銃声と、河南省東部の息子の軍営における戦時の動揺をとらえようとした。そのとき、父は何を思っただろう？　深い思考でも、簡単な疑問でもかまわないが、それは何だったのか？　言うまでもなく、母は目を覚まし、ベッドに父がいないので、裏庭へ探しに行った。母もしばしば、父と一緒に狭い裏庭を歩き回った。そばに立って、父の動きを観察することもあった。父が広大な空を仰ぎ見るのをじっと眺めていた。このとき、苦労を重ねた夫婦、私の両親はどんな会話をしただろう？　戦争について、息子について、彼らが見てきた人生と運命、そして最も基本的な生きることについてだろうか？　あるいは、生と死、子供たちの結婚についてだろうか？　彼らの最も深く、直接的で、単純な話題は何だっただろう？

7　運命

じつを言うと、運命や生死に関する他人の考えはとても奥が深いが、私の思考は浅薄で、役に立たない。しかし、父を思うとき、私はやはり愚かな思考を重ねてしまう。しかも、この種の愚かな思考は、昔の人がよく言う「仰々しさ」、いまの言い方をすれば「もったいぶり」「カッコつけ」である。考えないわけにはいかないのだが、運命に対して、より深い、新しい解釈はできない。学生がXとYの意味を説明できないように、いくら考えても答えが出せずにいる。秋になると、葉が落ちるという光景が毎年繰り返されるのと同じことだ。そこで、私は自分の愚かな考えを非現実的な熟慮と名付けた。私はさらに考えた。運命は因果ではない。因果を含まない。運命は絶対的な人生であり、完全な偶然である。言い方を換えれば、運命は完全な偶然の中の因果であり、因果の中の完全な例外だ。因果の外の因果であり、因果の外で偶然に発生したものだから、間違いでもまったく問題ない。腹が減れば食事をする、食糧がなければ飢える。これは運命ではなく、人生である。冬が来れば雪が降る。火もなく服もなければ、人は冬に凍死する。これも運命ではなく、人生の因果の一例にすぎない。しかし、もともと東に行くつもりが、なぜか西へ行き、穴に落ちたり井戸に落ちたりして、足を折った。障害が残り、一生結婚も仕事もできなくなった。これは、運命の要素を含んでいるかもしれない。結婚証明書を手にして山のふもとを歩き、歌を口ずさみながら、明日の新婚初夜のことを考えて悦《えつ》に入っていた。ところが突然、山から石が落ちてきて、ちょうど頭に当たり、命を失った。この世に別れを告げ、真っ赤な結婚証明書は足元に落ちたままだった。これこそ、運命である。人生における運命である。

ほかにも例は挙げられる。日中、突然の雷が落ちて発生した悲惨な事故。ある教授の冗談が悩める人の心の門を開いた。物乞いが金銀財宝に手を伸ばし、夢を実現させたと思った瞬間、首を斬《き》られた。つまり、こういうことだろう。人生は喜びと苦しみの連続である。そして運命は、喜びと苦しみが終わったあとにやってくる。人生は上昇と下降の繰り返しである。そして運命は、左右への方向転換だ。人生は青々とした水をたたえる湖である。そして運命は、果てしなく広く、計り知れないほど深い海だ。あるいは、こうも言える。人生は風雨にさらされ、陽光を浴びる草である。そして運命は、それを刈る鎌もしくはそれを食う牛や羊の歯だ。人生は休むことなく行進を続ける蟻《あり》である。そして運命は、突然踏み下ろされる足だ。人生は農作物の受粉と結実である。そして運命は、受粉や結実のときに襲ってくる暴風雨だ。ほかにどんな言い方があるだろう？　こんな言い方がある。人生が過程だとすれば、運命は人生の結末、結末のあとの再出発だ。人生が舞台上の脚本の進行だとすれば、運命は幕の開閉と脚本の起承転結だ。人生は運命によって変わるとしても、運命は人生から生まれるものではなく、不可避的に起こる変事なのだ。とにかく、人生は基礎であり、運命は基礎とは関係のない昇華もしくは転落である。人生は蓄積であり、運命は蓄積と直接関係のない発展または変乱である。人生の深さは計測可能だが、運命の深さは計り知れない。人生には多くの悲劇もあれば喜劇もあるが、運命はつねに、しかも永遠に悲劇である。あるいは、こうも言える。人生が喜びだとすれば、運命は涙である。人生が涙だとすれば、運命は悲しくても声を出さずに泣くことだ。人生が穏やかに泣くことだとすれば、運命は涙のない慟哭《どうこく》である。人生が慟哭だとすれば、運命は慟哭の前に突然訪れた死である。

ひと言で言うなら、運命は人生の予期せぬ悲喜劇の序章または終章、人生における後悔と懺悔《ざんげ》である。

8 罪

いずれにせよ、私の父は戦争の間に倒れた。私が農村から逃げ出して入隊したため、病床についたのだ。しかも、あっという間に気管支炎が進行し、肺気腫になった。夏はまだよかったが、冬になると苦難の日々が待っていた。一日じゅう激しく咳き込み、咳と痰《たん》のせいで眠れない日が半月も続いた。父の病気は南方の戦争に起因するわけではない。父の人生と運命にこそ、罪があるのだ。戦争とは何か？　戦争の実態は災難である。災難とは青天の霹靂で、庶民が予知することはできない。実際の話、もし軍隊生活の前途に待ち受けているのが戦争だと知っていたら、私はあれほど農村から逃げ出して入隊することに固執しなかっただろう。息子が担うべき義務を父の肩に押し付けることもなかっただろう。そうなると、残された問題はきわめて明白だ。私が入隊する必要はまったくない。何千何万といる兄弟姉妹たちと同じく、畑で野良仕事をすればいい。なのに、どうして私は出て行ったのか？　私が行かなければ、一度完治した父の病気が再発するはずはなかった。病気が再発しなければ、父は苦しくても名残惜しいこの世と五十八歳で別れを告げることもなかったはずだ。病気による死という父の人生を作り出したのが運命だとすれば、その運命を作り出したのは誰なのか？　父の悲しくて苦しい運命において、私の役割は何だろう？　どんな役に立ったのか？　その答えは明らかだ。父が病気になったときも、世を去ったあとも、私はまじめに父のことを考えなかった。じつを言えば、私はそれを考える勇気がなかった。自分が担うべき責任と過失が目の前にさらされることを恐れた。生徒が先生に添削してもらった宿題を見直そうとしないように。私はいつも、こういう最も直接的で簡単な問題を避け、あり得べき「孝行」で埋め合わせようとした。実際には、一生埋め合わせることのできない過失と罪を覆い隠しただけだ。兄が自宅に電話を引くまでの十数年間、私は毎月欠かさず、二通の手紙を家族に書くことで無事を伝えた。いまは通信が発達したので、二、三日おきに母に長距離電話をかける。とりとめのない話をして、何でもないようで実際は大切な電話連絡を維持している。ふるさとの土地を離れて、もう三十年になった。毎年、春節には万難を排して里帰りして正月を過ごしてきた。兵士になって最初の幹部昇進のときも、厳しい規律があるにもかかわらず、何とか理由をつけて帰郷し、母のもとで伝統的な正月を祝った。たまたま元日には戻れないとしても、五日もしくは十五日には必ず帰って一緒に過ごした。当初、家に帰って必ずやることは、私が母に送った大量の手紙の処分だった。引き裂いたり燃やしたりして、その形式ばかりで内容のない、嘘ばかりの手紙を人に見られないようにした。毎月、六元から八元の特別手当をもらうと、数か月ごとに家に送った。幹部昇進後は毎月の給与から食費と小遣い銭を除いて、すべて仕送りに回し、父の療養費の足しにした。

理屈から言えば、天の神はすべてを見通しているはずだ。寝ているときも片目を開けて、半ば公平な判断を下しているのかもしれない。我が家の災難が重なり、爆発寸前となっているのを見て、神は心配してくれたらしい。姉が十七年間苦しんできた病気は、小康状態になった。災難は結束と新たな出発を意味する。私たち兄弟姉妹はリレー競技のように、父のために医者や薬を求めて奔走した。そのころ、兄はもう、毎月二十六元八角を稼ぐ郵便局の臨時職員となっていた。彼は毎日、自転車で数十キロの山道を走り、郵便を配達した。食堂の最も安くて粗末なご飯とおかずを食べていた。ときには昼食を抜いて、節約した金を持ち帰った。上の姉は体が弱いので、特別な配慮で小学校の教師となり、毎月十二元の給料を得ていた。下の姉は農作業と母の家事を手伝うほか、しばしば砂や石の運搬など、建築現場の肉体労働をした。そして母は、物質面と精神面で子供たちより何倍も大きい重圧を引き受けていた。田畑の耕作から家畜の世話まで、さらに子供一人一人の結婚問題もあれば、毎日の父の看病もあった。父の命は、薬と母の介護によって守られていたと言える。母は毎日、多くを語らず、黙々と耐え、黙々と一家を支えた。母の大ざっぱな計算によると、一九八〇年代の初期、五、六元あれば父の一日の薬代がまかなえた。その五、六元がないと一日の暮らしが成り立たない。原因は私が家を出て、父に苦労をかけたことにある。しかし当時、毎日五、六元という数字は、口で言うほど簡単ではなかった。加えて上の姉と兄の結婚があり、家屋の雨漏りの修繕があり、日常の支出もあったから、家庭の窮状は姉が重病だったときをはるかに超えていた。

一九八二年の冬、父の病気はますます重くなった。そのとき、私はすでに四年の従軍経験を持つ古参兵となり、師団の図書室の管理を担当していた。家庭の窮状が深刻になったので、両親は私に期待を寄せ、部隊の病院に期待を寄せた。部隊の病院は神秘に包まれているし、交渉によっては治療費が免除になる可能性もある。私は休暇をとって、父を迎えに行った。兄は五十キロ以上離れた洛陽駅まで、私と父と母を見送りにきた。商丘《シャンチウ》行きの列車が動き出したとき、兄は窓越しに別れを告げて言った。「おやじの病気は簡単には治らないだろう。とにかく、できるだけ長く病院に置いてやってくれ。家にいるよりはずっといいから」兄は続けた。「できるだけ長く入院させ、治療してもらうんだ。いずれおやじが亡くなったとしても、おれたち兄弟の心の負担が少しは減るだろう」

私はまさに心の負担を抱えながら、父を迎えに帰ったのだった。日暮れ前に列車を降り、部隊の病院の入口に着いたとき、父は突然、私と母を呼び止めて言った。「おれは病気になってから、まともに入院治療を受けたことがなかった。この部隊の病院は、設備も医者の腕もいい。おれたちは汽車に乗って、はるばるやってきたが、入院費が払えない。もし、入院許可が下りなかったら、医者の前で土下座してくれ。おれも土下座する」

それを聞いて、私はその場で泣き出した。

私は知っていた。部隊の病院は普通の県の病院よりも技術や設備が劣る。父の病気は悪性ではないが、治療が難しい。はるばる部隊の病院まで来たのは、治療費が免除になるからだ。私は涙を拭って言った。「父さん、病院には話をしてあるから、問題なく入院できるんだよ」

私は師団の文化部門の主任が衛生部門の主任にあてた紹介状を取り出して、父に見せた。父はそれを見て、興奮の表情を浮かべ、笑いながら言った。「ここに入院できるとは思わなかった。これでおれの病気は治るかもしれんぞ。おまえも兵隊になったかいがあったな」

言うまでもなく、父は病気が治ることを期待して入院した。最初の半月は、病院の暖房設備と父の精神状態がよかったせいで、本当に病状は好転したように見えた。その半月は、私の一生の記憶の中で最も心なごむ、ぬくもりに満ちた、短くも美しい日々だった。私はその二週間、生涯で一度だけ、父の枕元で孝養を尽くした。毎日、北風の吹きすさぶ中、私は歌を口ずさみながら、二、三キロの道のりを歩いて父に食事を届けた。ある日、夕食を届けに行くと、父も母も病室にいなかった。私は野外の映画上映会場で両親を見つけた。彼らは寒い中、真剣に映画を見ていた。私の心は喜びと幸福で満たされた。父の病状が本当に好転したと思って、急いで兄や姉たちに電話して、吉報を伝えた。父も自分の病気が治癒すると思い、映画を見て帰ってきたあと、興奮気味に語った。映画を見たのは久しぶりだ。冬に野外で映画が見られるとは思わなかった。そう言ったあと、父はようやく咳をした。

ところが三日後、大雪が降って寒さがいっそう強まると、父は薬を飲み、注射をしないと呼吸ができなくなった。注射や点滴をしたあとは、呼吸がますます苦しくなり、ついに酸素吸入が欠かせない状態に陥った。医者は私たち親子に何度も、病院を早く出るように促した。病院のベッドの上で父の呼吸が止まることを恐れていたのだ。父は言った。「急いで帰ろう。いつまでも外で暮らすわけにはいかん」

こうして、一か月に満たない、父の病床での親孝行の日々が終わった。

家に帰ると、農村では十六ミリの映写機が各家庭を巡回する映画上映が流行していた。値段は一回十元、映画は当時人気絶頂の『少林寺』だった。私の家族はみな、映画を家に呼んで、人が屋根を飛び越え壁を伝って走る『少林寺』を寝たきりの父に見せてやろうと言った。父も、それを望んでいるようだった。ところが、映写技師がやってくると、母は言った。「やめておこう。十元あれば、おまえたちの父さんの命を一日延ばせるよ」

私たち兄弟姉妹は顔を見合わせ、映写技師とフィルムがまた家を出て行くのを見送るしかなかった。この一件は悔やんでも悔やみきれない、父に対する私の親不孝のひとつとなった。思い出すたびに、私は胸が痛む。父の葬儀のとき、二人の姉は泣きながら言った。父さんが生きているうちに、たった一回の映画も見せてやれなかった。そして二人は、自分たちの親不孝を責めた。それを聞いた兄も、一度は泣きやんでいた顔を引きつらせ、滝のような涙を流した。それで、私は知った。あの一件が兄や姉たちの心に落とした影は、私の後悔よりも大きいのかもしれない。

私だけに関係する痛恨事は、一九八四年の国慶節のことだ。私は新婚の妻に新しい服の一枚も、贈り物のひとつも買ってやることなく、人に借りた百二十元で結婚の儀式をすませた。妻にとって一生に一度の結婚を適当にごまかした。文句ひとつ言わない妻を伴って初めて帰省したのは、中秋には珍しい寒波と雨の日だった。父の突然の病気で、我が家は混乱を極めていた。医者を呼び、薬を調合し、酸素吸入をして、スープを飲ませる。家族は誰一人、病床を離れようとしなかった。夜になると雨が上がり、家の上空に冴《さ》えた月とまばらな星が浮かんだ。屋内は、寒さと父に対する憂慮で満たされていた。みんなが足音も話し声も、できるだけ小さくしようと努め、父の弱々しい呼吸と魂を驚かせることを恐れているようだった。父の病気が小康を得たとき、医者は私と母を別室に呼んで告げた。父の体は衰弱している。高価な薬品を使って、栄養を補給しなければならない。医者は尋ねた。「費用を出せますか?」

母は首を振った。私はそのとき、頭を深く下げ、しばらく何も言わなかった。私たち家族を見渡して、医者はため息をつき、職業的な口調で言った。「ご主人が生きている限り、生活は楽になりませんね。暮らし向きがよくなれば、ご主人も生き延びられるんだが」

全力で父の治療に当たった、この農村の医者は、父の寿命が尽きようとしていることを予言したのだろうか? それとも、ありふれた農家の暮らし向きについて、論評したのだろうか? 話が終わると、みんなは父の枕元に戻った。しかし、私だけはなぜか、その場を動かなかった。頭の中がガンガンした。医者の話から、不吉な予兆を感じ取ったのかもしれない。その場にどれほど長く立っていたのだろう? 私は一人で、寒い屋外に出て、凍りついたような夜空を眺めた。突然、私の脳裏をとんでもない考えがよぎった。その恐ろしい考えは流星のように消えたが、轟《ごう》音《おん》と閃光が頭の中で炸裂した。なぜかわからないが、私は無意識のうちに、医者の言葉を心の中で繰り返したのだ。「ご主人が生きている限り、生活は楽になりませんね……」

医者の言葉をすべて繰り返したのならばよかった。その言葉に含まれる別の意味を考えたのならばよかった。だがそのとき、言葉は半分だけで止まった。そして、私の脳裏で凍りついた。正確に言えば、脳裏に残ったのは言葉自体ではなく、その言葉の直接的な意味だった。「父が生きている限り、私たちの家の（あるいは私の）生活は楽にならない」

直接的な意味というのは、父の死に対する期待である。父の長わずらいによる苦労に対する嫌悪である。親不孝な息子の私欲の表れである。私はすぐに気づいた。医者の言葉の半分が脳裏をよぎったのは、「早く父にこの世を去ってほしい」という意味だ。「父の死と交換に、私たちの家の（私の）生活を楽にしたい」という意味だ。それを意識したとき、私は愕然とした。体がガタガタと震え、頭のてっぺんから足の先まで、その震動が伝わった。父に私の考えを感づかれるのが怖かった。母や兄、姉たちが出てきて、私の内心の罪と卑劣さを読み取られるのも怖かった。私は慌てて、裏庭へ移動した。そこは私の入隊後、父が毎晩歩き回り、病気を再発させた場所である。湿気が多くて薄暗く、静かで神秘的だった。ほぼ葉を落とし尽くした桐とチャンチンの木は、影を揺らし、枝葉をかすかに震わせていた。強い湿気とかび臭さが、何もない裏庭に漂っている。私は果てしない山の中、もしくは海の上に取り残されたかのごとく、裏庭の中央に立っていた。全身で孤独と寒さを感じながら。たとえ一瞬にせよ、卑劣で罪深い考えを抱いてしまった。私は自分を罰するため、自ら思いきり頰を打った。さらに、右手で顔、腹、太腿を力いっぱいつねった。

しかし、すべては手遅れだった。天の神は私の心に、永遠の懲罰を与えようとしたらしい。神は人を招喚する権力を行使した。私が罪深い考えを抱いた二か月後、父を天に召したのだ。私の父は永遠に母のもとを離れた。私たち兄弟姉妹と実子のように孝心の篤い甥や姪、そして名残惜しい農村生活に別れを告げた。

9　清算

いまこそ、父に対する借りを清算するときだ。

良心の清算を自ら実行するときがきた。まずは、私が十元の支出を惜しんで父に見せなかった映画『少林寺』について述べよう。当時、私は金を持っていたはずだ。河南省東部の軍営に戻ったとき、所持金の残りが十七元あったことを覚えている。つまり、私は十元を出す余力が十分にあったのだ。映画を呼んで、父が楽しみにしていた「屋根を飛び越え壁を伝って走る」神話伝説を見せてやることが可能だった。どうして、十元の支出を惜しんだのだろう？　当然、それは倹約癖と当時の懐具合の結果である。しかし、さらに重要なのは何か？　幼いころから、父に対するやさしさと孝行心が欠けていたのではないか？　三歳、五歳、あるいは十歳のとき、父が野良仕事から帰ってきて、自分が食べずに持ち帰ったナツメやその他の木の実をくれると、私は部屋の隅にしゃがんで、それを一人で食べてしまった。父に少しでも分け与えることを知らなかった。そうだ。確かに、そうだった。入隊する前、私は街で父に食べるもの、着るものを買ってきたためしがない。畑に出たときに、新鮮なトウモロコシを父に持ち帰ったことすらない。私が私欲旺盛で、他人を愛する心を欠く人間でなければ、十元を父のために使えるときに、なぜそうしなかったのだろう？　人間とはそういうものだ。手遅れになって、初めて気づく。必要がなくなってから、ようやく気前よさを発揮する。譲り合いの状況の中で、やっと私欲を捨てる。間違いなく、私もそういう人間だ。寒いときは自分が先に厚着し、暑いときは自分が先に木陰に入る。そういう人間は誰に対しても、血を分けた両親に対しても、自分を先にしてしまう。自分を先にしても平気で、他人をあとにして得意がっている。得意になって、自分を先にしたことを覆い隠す。よく考えてみると、私は確かにそうだった。あのとき、父のために映画を呼ばなかった直接の理由は、金の持ち合わせがないからだった。しかし、それならばなぜ、部隊に戻ったあと、二十元近い所持金が残っていたのか？　幼いころから、両親への愛が自分への愛にまさっていたら、父の食べるもの着るものに対する好みを気にかける人間だったら、私は映画を呼んでいたのではないか？　なぜ父が死んだあとで、あの一件を悔やんでいるのか？　自分の冷えきった善と愛の心を衣で包むつもりではないのか？　自分の善と愛の熱意を目立つ場所に置いて、周囲にひけらかすつもりではないのか？　人間は他人に手を差し伸べることをやめてもよいが、自分の両親、および血縁関係のある兄弟姉妹、子女に対しては、いかなるときも手を差し伸べなければならない。たとえ血を流すことになっても、命を落とすことになっても。ところが、私はそれをしなかった。

二つ目の借りは、入隊にこだわり、農村からの脱出にこだわったことだ。それによって、他人の目には情理にかなっているように見える状況の中で、父の病気を再発させ、六年後には愛してやまないこの世から旅立たせた。これは私の一生の痛恨事である。だが、生きるため、前途に向かって奮闘するためだったと言い逃れをして、自己弁護することは可能だ。まさに私自身、そのような言い逃れと自己弁護を重ねてきた。自分の行為が父の早すぎる死の原因を作ったことを直視しなかった。だからこそ、父の臨終が近づいたとき、「父が生きている限り、私たちの家の（私の）生活は楽にならない」という罪深い考えが、無意識のうちに頭に浮かんだのだ。それは私の父に対する第三の借り、弁解しようのない罪である。天の神が権力を行使して、父を招喚する恰好の根拠を作ってしまった。ならば私の父は生前、これらのことを知っていたのだろうか？父は私たちよりも一歩先に、生と死を経験した。死を前にして、いったい何を思ったのだろう？人はいつでも生を実感できるが、死の意味は永遠に推測することしかできない。死は生に対する懲罰なのか、それとも済度《さいど》なのか？　懲罰であると同時に済度でもあるのかもしれない。懲罰でも済度でもなく、単なる終結なのかもしれない。富貴を味わい尽くしたがゆえに、この世と別れがたく、死を恐れる人がいる。一方、富貴を味わい尽くしたがゆえに、死を笑って受け入れ、人生の終結を心静かに済度と感じる人もいる。さらに、人生の苦労を味わい尽くしたおかげで、死をまさしく新生ととらえ、死を済度として待ち望み、実践する人もいる。だが、私の父はいずれでもない。父がこの世と別れがたいのは、苦労を味わい尽くしたからだ。だからこそ、父は生の意義と生の喜びを何倍も強く、身にしみてわかっている。春になると、父はマスクをして暖かな中庭にすわり、余寒に抵抗しながら、家の前を通りかかる人たちを眺めていた。それによって、病気の間に忘れていた農村の記憶を取り戻していたのだ。夏になると、父は家の門から村はずれまで、ゆっくりと田畑を歩いた。成長する農作物、退屈そうなニワトリと犬を見て、この世の存在と存在の温かさを再認識したのだ。秋になると、風の当たらない場所にすわり、母が日に干している穀物の番をした。空を見上げて、南へ渡って行く雁の群れを眺めながら、自分が耕した畑、収穫した作物、純粋な農民としての生活をゆっくり思い出した。そして冬、人生の厳しい冬を迎え、北風が吹きすさぶと、父は呼吸困難に陥りながらも、甥や姪たちが火をおこしてくれたストーブで暖を取った。あるいは、母と姉たちが用意した温かい布団の中で、思いやりのある兄嫁が煎じた薬を飲みながら、周囲を見回した。同じ年ごろの孫娘たちが、戯れたり、言い争ったりしている。それを見ると、肉親の情がもたらす喜びを感じることができた。父がこの世に未練を残すのは当然だ。畑のあぜ道は、父が手入れするのを待っている。隣家のもめごとは、父の調停を待っている。子供たちが結婚後に直面した生活の苦悩に対しても、父の忠告と指導が必要だった。孫や孫娘、甥や姪の子供たちも、父が家の前で遊んでくれるのを待っていた。

父はあんなに早く世を去らなくてもよかった。この世に未練を残す理由があった。父にとって、一人の農民にとって、この世で親類たちと一緒に暮らすことさえできれば、苦難は楽しみであり喜びである。私の父はそれを身にしみてわかっていた。だから、死を神が下した懲罰と見なしたが、自分のつつましい一生がなぜ神の懲罰を受けなければならないのか理解できなかった。そこで、間もなく自分がこの世に別れを告げると知ったとき、父はしばらく涙に暮れたあと、私の兄に懇願した。「早く医者を呼んでくれ。もう少し命を延ばしてほしいんだ……」

母に対しても、最後の願いを伝えた。「息子たち夫婦は町で働いている都会人だ。でも、おれたちは農民で、田舎暮らしに慣れている。おれが死んだら、おまえは一人で農村に暮らすんだぞ。

都会に行っても、なじめないはずだ……」

そして、私に対する最後のひと言は「帰ったのか？　早く飯を食ってこい」だった。

あれは一九八四年、陰暦十一月十三日の昼のことだ。私は前日に父が危篤だという電報を受け取って、翌日の昼に妻と一緒に帰宅した。枕元に立つと、父は私を見て目に涙をため、私に対する最後のひと言、この世の最後のひと言を言った。私が帰ってくるのを待って、そのひと言を言ったせいかもしれない。こんな息子と同じ空間にいたくなかったからかもしれない。父はそのあと、すぐに呼吸困難に陥り、苦しさで顔が青紫色になった。私はベッドに上がって父を支え、医者が救急措置をしやすいようにした。しかし、頭を私の胸に押し当て、手を握り合ったあとで、父の息が止まった。頭がガクッと外側に倒れた。その後、父の手の力が抜け、目から二筋の涙が流れ出した。父がこの世に未練を残していなければ、いまわの際に涙を流すだろうか？　だが、未練があるのなら、どうして父は行ってしまったのか？　どうして私の胸から頭を離し、手の力を抜いたのだろう？　父は私の胸に頭を押し当てたとき、私がかつて心に抱いた「父が世を去れば、私たちの生活は楽になる」という罪深い考えの余韻を感じ取ったのではないか？

ほかの生き物と比べてみよう。一部の昆虫は子供を生んだあと、自分の体を食糧として与え、大人に成長させるという。このような子育ての方法には、どんな意味があるのだろう？　また、一部のオオカミは、ふだん両親と一緒に餌を食べるが、七日間餌が見つからず飢餓状態に陥ると、残酷にも年老いた両親を腹に収めてしまうという。両親はこのとき、子供たちにかじられて血まみれになりながら、文句のひとつも言わない。私は親を餌にする昆虫、残酷にも年老いた両親を食べてしまう飢えたオオカミではないか？　そうでないとしても、下劣な本性を隠しているのではないか？　十元の支出を惜しんで父に映画を見せなかったこと、農村からの脱出にこだわって父の運命を変えてしまったこと、そして罪深い考えを心に抱いたことからして、私は息子と言えるのか？　息子だとしたら、どんな息子なのか？　ここで後悔し清算すれば、父と向き合っても良心の呵責《かしゃく》に耐えられるようになるのか？　私は何度も考えた。私の父に対する負債は、金でもないし物でもない。悪意によって損なわれた生命と運命だ。私の伯父は八十二歳まで生きた。父の従弟はもう八十近い。去年亡くなった叔父でさえ、享年六十九だった。兄弟たちの平均年齢から計算すると、父は少なくとも七十五、六歳まで生きられたはずだ。ところが、父は五十八歳で死んでしまった。では、父に対する十八年の命の負債を私はどうやって償えばよいのか？　村には父と同じ病気をわずらいながら、七十六歳まで生きた人もいる。もし父が、私のせいで病気を再発させなかったら、七十六歳まで、あるいは八十歳まで生きられたのではないか？

10　結末

いま、父の墓に植えた柳の木は大きく育った。二十年あまりのうちに生活は変化したが、唯一変わらないのは父の安息と父に対する私の忘れ得ぬ後悔の念である。言うまでもなく、父は閻家の墓で静かに眠っている。息子の報告と帰結を待っているのだ。父を埋葬したとき、伯父は墓地に線を引いて四つに分け、兄弟たちの安息の地を示したあと、父の墓を指さして私に言った。

「将来、発科《ファーコー》（私の兄）と連科は、ここに眠ることになるな」

いま、私ははっきり認識している。先祖の墓地には、私がいずれ落ち着く場所がある。その日が来たら、私は父の前でひざまずく孝行息子になるだろう。そして、生前の父に対する多くの親不孝と反抗を償うのだ。

ほかに何も言うことはない。

第三章　伯父の一家

1　人物

私の伯父が農民であることは疑いようがない。しかし私の心の中で、伯父はまぎれもなく、ひとかどの人物である。その人生からして、偉大で傑出した人物と言える。

伯父に会うたび、また彼の死後、その姿と声を思い出すたび、私はある想念にとらわれた。もし伯父が生活のため、子供たちのために、一生農村に縛りつけられることがなかったら、もし延《えん》安《あん》に身を投じ、革命の潮流に乗ることができていたら、どうだろう？　伯父は正直さと勇気によって、人生に対する深い理解によって、師団長もしくは軍団長に出世していたのではないか？もし、さらに読み書きができれば、伯父の前途は限りなく開けていただろう。

私は父の前途について、そのように考えたことがない。だが、伯父についてはいつも思う。生まれ故郷で子供を育て、日夜働き続け、最後は病魔に取りつかれ、貧困のうちに命を落とした。伯父は人生を棒に振った。粘り強い性格と才能を生かすことができなかった。

2　靴下の製造販売

幼いころのことが、強く印象に残っている。一九六〇年代の初め、伯父の家には八人の子供がいた。六男二女、伯父と伯母を加えて、十人の大所帯である。当時、中国はいわゆる「三年連続の自然災害」の悪夢から覚めたばかりだった。幾千幾万の餓死者が出たが、真新しい墓はまだ野草に覆われていなかった。伯父は飢えを我慢し、靴下を編む機械を担いで、山奥の村を回った。人家を一軒一軒訪問し、重い荷物を下ろして、額の汗を拭いながら叫んだ。

「靴下の製造販売――」

「西洋靴下の製造販売ですよ――」

伯父はどうやって、伯母と子供たちを引きつれて「三年連続の自然災害」を無事に乗り越えたのだろう？　村の老人たちは、よく若者に語って聞かせる。飢餓状態の中、彼らはいかにして黄土から食糧を得たか。彼らは斧や包丁で樹皮を削り、煮詰めてスープを作った。村の人たちはみな、顔と太腿にむくみが出て、ビニール袋に水を入れたようにパンパンになった。山の斜面に打ち捨てられた餓死者の遺体はそのまま硬直し、空を旋回する鷹が舞い降りてきて啄《ついば》むに任せられた。

いま、伯父が世を去って三年になる。八十歳の伯母も、糖尿病と小脳の萎縮で、話すことすらままならない。私は後悔している。まだ間に合ううちに、彼らの特別な三年間について聞いておけばよかった。子供たちを抱えて、あの中国全土が極端な飢餓状態に陥った一千日あまりの歳月をどうやって乗りきったのか？　私が逃したのは、真実の記録だけではない。広大な中国の農民が、生命と家族を守るために、いわゆる「自然災害」を乗り越えて生きるために繰り広げた、飢えや死との戦いを記した叙事詩でもある。いま、私の頭の中には、伯父が家族と一緒に生き延びるために戦い、飢えを我慢した様子が浮かんでこない。だが、いつも伯父のしゃがれ声が響いている。家族の生活のため、子供たちを満腹にさせるため、山奥の村で叫ぶのだ。

「靴下の製造販売――」

「西洋靴下の製造販売ですよ――」

伯父の機械は、多くの歯車、鉄枠、針、紡錘、ハンドルからできていた。機械編み用の糸を縦横に掛け、順番に巻きつかせてから、ハンドルを操作すると、いろいろな大きさの靴下が編み上がる。機械は外国製で、使用する糸も田舎で見かける手紡ぎ糸ではなく、機械編み用の輸入物だった。それで機械は西洋編み機と呼ばれ、製品も西洋靴下と呼ばれた。当時はほかにも、同様の「西洋」製品があった。洋火（マッチ）、洋釘（鉄釘）、洋灰（セメント）、洋車（自転車）、洋鎬（つるはし）など、外国人に関係する日用品である。「洋」の字がつけば、新しくて品質がよく、ほかとは違う風格があるのだった。だから、伯父の機械と技術は周辺に知れ渡っていた。毎年、冬になると伯父は荷物を担いで東西の山中を回り、鉄釘を買うにも数十キロの山道を行かなければならない農民たちのために靴下を編んでやった。それだけではない。年の暮れが近づくと山には行かないが、機械を門の前に据え付け、通行人や隣人たちのために白い西洋式の靴下を作った。当然、同じ村の人の場合は無料にした。物品による報酬も受け取らなかった。受け取ったのは、世間の人情と田舎の生活に欠かせない助け合いの精神である。見知らぬ通行人に編むときだけ、小遣い銭程度の報酬を受け取り、年越しの費用の足しにした。

私は伯父の代わりに、機械のハンドルを操作したことがある。とても重くて、ギーギーという音がして、靴下が出来上がった。腕がだるくなった。しかし、伯父は十年近く、機械を担ぎ、重いハンドルを操作して、子供たちの生活を支えた。まだ暗いうちに荷物を担いで村を出て、四、五日あとの夕暮れにまた荷物を担いで帰ってきた。

伯父が出かけるときに担ぐ天秤棒の片方の荷はあの重い機械、もう片方は比較的軽い船来の白い糸と自分の食糧だった。重さが不釣り合いなので、天秤棒は片方を短く片方を長くしなければならない。ところが帰ってきたときは均衡がとれ、肩の中央で担いでいた。片方の荷の白い糸と食糧がなくなった代わりに、トウモロコシ、干しイモ、大豆、緑豆などが入っていたからだ。それは伯父が靴下と交換で得た報酬で、従兄弟たちが生きるための食糧だった。だが、私も従兄弟たちも、当時はそれらの食糧には目もくれず、伯父が手で押さえている上着のポケットの中のものを心待ちにしていた。

特に、当時の私はそうだった。

伯父は春と秋、つぎはぎだらけの黒い上着を着ていた。寒い冬には、綿がもうくたくたになった古い綿入れを着た。中身の綿がほころびから顔を出していた。しかし、伯父が担ぐ天秤棒の荷を入れる袋にほころびはなかった。伯父が食糧を落としたことは一度もない。伯父の綿入れのポケットは、よくほころびた。穴があくとすぐ、伯父は伯母に繕わせた。ほかのものに穴があくのはかまわないが、綿入れのポケットだけは許されない。毎回、伯父が出かけて数日後に戻るとき、自分の子供や私たち甥姪に、お菓子を持ち帰るからだ。お菓子はいつも、綿入れのポケットの中にあった。

お菓子は以下の三種で、いずれも今日では見られない。黒くて硬いが割れやすいビスケット、紙に包まれた飴《あめ》、そして白い砂糖豆だった。大豆の砂糖豆は白くて丸い。錠剤の胃薬のように、伯父のポケットにたくさん詰まっていた。伯父が出かけて三日たつと、私たちは伯父を待ち焦がれる。伯父のポケットの砂糖豆を待ち焦がれるのだ。三日目の夕日が落ちる黄昏どき、伯母はいつも家の前の道に出て、手を額にかざし、伯父の帰りを待った。

三日目は戻らなかった。

四日目も戻らなかった。

五日目の同じ時間、黄色い太陽が村を枯れ葉色に染めるころ、伯母は村の入口で伯父を待っていた。しかし、最初に伯父を見つけるのは決まって伯母ではなく、私たち兄弟姉妹の誰かだった。砂糖豆やビスケットを待ちかねている私の仲間たちだ。誰かが、ひと声叫ぶ。「伯父さんが帰ってきた――」

伯父は本当に帰ってきた。疲れた様子で天秤棒を担ぎ、体を引きずりながら、村に入ってきた。村に入り、子供たちと甥や姪たちを目にすると、疲れているはずの伯父は足を速め、顔を輝かせた。伯父は私たちに近づいてきた。私たちは伯父を出迎えた。道の真ん中で伯父を取り囲んだ。伯父はポケットから飴や砂糖豆を取り出し、種を植えるように、伸びてきた汚くて小さい手のひらの上に置いた。

私は毎回、みんなと一緒に手を伸ばし、食べたかった飴や砂糖豆を思いどおりに手に入れた。伯父がお菓子を配り終えると、私たちは宝物を得たように、砂糖豆や飴を賞味した。伯父は片方の靴を脱ぎ、それを尻に敷いて地べたにすわり、子供たち、甥や姪たちを眺めていた。私たちはお菓子を食べ終わると、飴の包み紙をいろいろな形に折り、チョウやトンボを作った。息を吹きかけたり、手で放り上げたりして、それを空に飛ばした。色とりどりの折り紙が夕空に舞った。この時間が伯父にとって、最も心温まる、人生の意義を感じるひとときだったのかもしれない。伯父は村の入口の地べたにすわり、喜びで顔を輝かせていた。どんなに疲れていても、伯父の興奮と満足は隠しようがなかった。

伯父は生活を愛し、子供を愛し、甥や姪たちを愛していた。飴、砂糖豆、黒くて硬いビスケットを分け与えるときは、まず子供たちを見渡し、血縁関係を基準にした。とは言え、配分量はまったく変わらない。飴が一個、砂糖豆が二粒、ビスケットが一枚。ただし、配る順番は周到に考えられていた。まず最初は血縁関係の薄い甥や姪と近所の子供たち、それから近しい甥や姪たち――主として私と下の姉、および父の弟の子供たち、最後が自分の子供たちだった。毎回、分量が限られているので、最後はお菓子が足りなくなる。私たちは大喜びで食べたり騒いだりしたが、伯父の子供たち――私の最も近い親戚である従兄弟たちは、目を見開いて私たちを見た。私たちはお菓子を食べながら大騒ぎをして、飴の包み紙を折って空に飛ばしていた。

その後、私は伯父が帰ってきても、急いでお菓子をもらいに行かなくなった。ひとつの法則に気づいたからだ。伯父が持ち帰るお菓子は、数が足りたためしがない。最後には食べられない子供が出る。そして、それは必ず伯父の子供たち——私の従兄弟たちなのだ。そこで私は、お菓子の分配のとき、従兄弟たちと一緒に立って、もらえるかどうかを運に任せた。

ある日、やはり分配が終わらないうちにお菓子が尽きた。私は伯父の子供たちと一緒に、みんながお菓子を食べながら、折り紙を凧《たこ》のように空に飛ばしているのを眺めていた。なぜか、悔し涙が目にあふれてきた。伯父はそれに気づき、近づいてきて、私の頭や顔をなでた。自分が申しわけないことをしたかのように、伯父も目のまわりを赤くして、かすれ声で苦笑しながら私に言いふくめた。「今度帰ってくるときは、街でたくさんお菓子を買って、まずおまえにやるからな。ほかの子供にはやらずに、まずおまえに食べさせる」

3　偏愛

その年、私は学校に上がった。

希望にあふれる小学生になったが、依然として伯父が毎回靴下を売りに行ったとき、街で買ってポケットに入れて持ち帰るお菓子のことを気にしていた。しかし、伯父が三日目に帰ってくるか、五日目に帰ってくるかは定かでない。村の入口に姿を現すのが、日が暮れてからか、黄昏前かもはっきりしなかった。

そのうち、学校があるために、私は伯父のお菓子にありつけなくなった。数日置きに伯父がお菓子を分け与えてくれることも忘れてしまったようだ。だが、ある日、私が石ころを蹴り、ビー玉を弾き飛ばしながら学校から帰ってくると、道の真ん中に人が群がり、伯父の靴下を編む機械が道端に放置されていた。機械は落日の残光を浴び、人生の記念碑のようだった。

私は急いで人の群れに近づいて行った。

歩み寄りはしたものの、私は人の群れの外側で立ち止まった。自分がもう小学生であることを思い出したのだ。分量の限られたお菓子を先を争って食べるべきではないだろう。それで、空中に伸びた小さい手の数々から距離を置いた。このとき、伯父が私に気づいた。私が肩にかけているカバンを見て、伯父は小さい手を掻《か》き分け、甥や姪、私より小さい自分の子供たちの群れから出てきた。そして、私の前まで来て言った。「学校に上がったのか?」

私は伯父に向かって、うなずいた。

伯父は言った。「よく勉強するんだぞ。伯父さんは字を知らないから、靴下を売りに行ったときも、勘定をするのに苦労している」

そう言いながら、伯父はポケットの中の飴、砂糖豆、ビスケットを全部取り出して、私にくれようとした。私の手が小さすぎて持ちきれないのがわかると、伯父は私の帽子を取り、その中にお菓子を残らず入れて、家に持ち帰らせた。

私は伯父が子供たちのために買ったお菓子を独り占めした。色とりどりのお菓子が、帽子の底を埋め尽くしていた。兄弟姉妹の羨望と嫉妬のまなざしから逃れるとき、私は振り返ろうとしなかった。他人に少しずつ分け与えようという気もなかった。伯父は私が小学生になったのを知って、お菓子をくれたのだ。お菓子は完全に、小学生である私一人のものだ。私はゆっくり味わいたかった。いま五十を過ぎた私が、三年前に亡くなった伯父の人生を振り返り、味わうのと同じように。いまもなお私は、あのときのお菓子の甘さと人生の際限のないほろ苦さを忘れることができない。

4　爆発

子供を育てるときは、できるだけ食べるもの着るものを手厚くし、成長の段階で勉学の機会を与える。飢餓が原因で発育と成長に影響が出ることを極力避ける。これが私の父の世代の人生の信念であり、生きることの目標でもあった。

当然、伯父も同じである。

伯父の家の炊事用の鍋は、おそらく村じゅうで最大だったろう。鍋の直径が五十センチ以上あった。子供が多いので、食事を作ると汁がこぼれそうになる。二十四節気が順番に訪れるとき、あるいは別の祝い事があるときは、生活を少し改善しなければならないので、その鍋は小さすぎた。節気や祝い事のときの食事は、量が足りなくなった。いわゆる「生活の改善」とは、我が家の俗称で言う「湯糊麵《タンフー》」を作ることだった。手打ち麵のほかに、トウモロコシや雑穀のかす、青菜、塩、油を入れて、大鍋で煮たものである。麵と青菜と油をいつもより多く入れるし、肉のかけらや肉を揚げたあとの油かすを入れることもあったので、「生活が改善された」というわけだ。

これで食が進み、鍋が小さく感じられる。子供たちはみな、満腹にならないうちに鍋の底が見えたと言った。そのとき、伯父はいつも母屋の敷居、または門の前の石の上にすわっていた。いつもは二碗か三碗食べなければ満腹にならないのだが、このときに限っては、一碗か一碗半でもう満腹だと言って食べなかった。伯父はおいしい食事を子供たちに残したのである。

子供たちは飢餓と満腹を繰り返すうちに、一人ずつ成長していった。着ている服はボロボロだったし、学校カバンを買ってもらえないので、教科書を脇に挟んで登校していたけれども。雨の日にはくゴム靴もなかった。布靴をはくわけにはいかず、裸足で泥んこ道を歩いた。泥水の中に足を突っ込んだ瞬間、悲鳴を上げることもあった。足の裏から、水道管が破裂したように、鮮血が噴き出していた。泥水の中の陶器やガラスの破片を踏むのは、よくあることだった。

厳寒の冬の到来もあった。河南西部の山々は雪に閉ざされ、空気が凍るほど冷たい。猫も家の中で火に当たるというのに、伯父の家は子供が多く、ひとつの火鉢では間に合わなかった。だからと言って、火鉢を二つ置くのは贅沢《ぜいたく》だ。そんなとき、伯父は火鉢から離れ、子供たちに暖を取らせた。

それでも八人の子供は、交替で火に当たるしかなかった。

毎年冬の時期、伯父はいつも両手を綿入れの袖の中に入れていた。手袋をしているのを見たことがない。私の田舎で手袋の代わりに使われる綿入れの腕貫《ぬ》きも、つけていなかった。私が物心ついてからの十数年、伯父の両手は厳しい寒さにさらされていた。手の甲には一面にひび割れができて、血がにじんでいる。まるで、泣き出そうとする赤ん坊の口のようだった。それでも伯父は、その凍えた両手を使って働かなければならない。子供たちのために、裏山へ行って薪《たきぎ》を集めたり、門前の木の枯れ枝を折ったりした。そのおかげで、家の火鉢はいつも火が燃え盛り、子供たちはほかの家の子供と同様に、厳しい冬を乗りきることができた。

伯父の家の子供たちは、それぞれ人生に向き合うようになり、伯父のような強さと落ち着きを身につけていった。六人兄弟のうち、私の記憶に強く残っているのは次男の書成《シューチョン》兄さんだ。体は小さいけれども、先を争って火鉢に当たろうとはしなかった。毎年冬には手の甲から血を流し、進んで裏山へ薪を拾いに行った。食糧が不足したときも、文句ひとつ言わなかった。空の碗を台所のカマドや机に置くとき、大きい音を立てることで、人生に対する不満を示していた。書成兄さんは一本気な頑固者で、口数が少なく、めったに笑顔を見せない。表情のない顔は、まるで石像のようだった。

ある日、なぜか伯父が彼を折檻《せっかん》した。母屋の中央にひざまずかせ、何度も顔を平手打ちし、足で体を蹴った。あげくには、箒《ほうき》を一本叩き折ってしまった。彼にひと言、「ごめんなさい、もうしません」と言わせるために。ところが、彼はひざまずいたまま、そのひと言を言わなかった。

唇を噛み、腰を伸ばし、首をまっすぐにして、伯父を直視していた。伯父はめったに子供を殴ったり罵ったりしないが、そのときだけは激怒した。次男の反抗を抑えつけられなければ、父親の尊厳が失われると思って、激しく息子を殴ったのだ。

　ところが、延々と殴打が続き、顔が腫れあがり口元に血が流れても、書成兄さんはうつむくことも口を開くこともしなかった。隣人たちが騒ぎを聞いて集まってきた。伯父の子供たちは、書成兄さんの左右にひざまずき、伯父に暴力をやめるように懇願すると同時に、書成兄さんにも話しかけた。「頭を下げて、悪かったと言えば？」

　すると、書成兄さんが口を開いた。

　彼は横を向いて、一緒にひざまずいている弟妹たちを見た。さらに背後の隣人たちを見た。そして最後に、視線を伯父と伯父が手にしている靴、彼の顔を何度も殴った靴に向け、歯ぎしりしながら、時代がかった驚くべき言葉を口にした。

「殴るがいい。死んでも屈服しないぞ」

　現在、あの暴力の場面とこの言葉を振り返ると、私は思わず笑ってしまう。なつかしい劇の台詞を聞いたような気がする。アルバニア映画『死んでも屈服しない』（一九六九年製作、中国で大流行した）の一場面のようだ。しかし、よく考えてみると、書成兄さんの頑固で融通のきかない性格は、あの時代の生活の苦しさによって鍛え上げられたものである。また、伯父の粘り強い性格の遺伝でもあった。あの事件は、隣人の仲裁や兄弟姉妹の土下座によって治まったわけではない。彼らの土下座はむしろ、伯父の怒りを掻き立て、どうしようもない人生の戦いに対する鬱憤《うっぷん》晴らしを加速させた。

本来は家庭内の「暴力」によって、書成兄さんの頑固さを懲《こ》らしめるつもりだった。ところが最終的に伯父は、布靴の硬い靴底で、ひざまずいている子供たちの顔を順番に殴った。そして殴りながら、罵声を浴びせた。

「おまえたちを殴り殺せば、うちの暮らしはよくなる……」

「おまえたちを全員殴り殺せば、楽に暮らせるようになる……」

これらの言葉を伯父は声をからして叫んだ。靴を振り上げ、子供たちの顔を殴りながら、口から連発した。いまでも、伯父の青い顔、震える手、かすれた叫び声を思うと、社会が人生に与えた重圧を感じる。人生が伯父に与えた重圧は、山のように伯父の体にのしかかった。あのような感情の爆発がなければ、伯父は人生に押しつぶされ、貧困のために窒息していただろう。

だから伯父は爆発し、暴力を振るった。

「おまえたちを殴り殺せば、うちの暮らしはよくなる……」

「おまえたちを全員殴り殺せば、楽に暮らせるようになる……」

伯父はこの言葉を叫んで、人生の大きな重圧に対する鬱憤を晴らした。私は恐怖に震えながら、伯父をなだめる隣人たちと一緒に立ち、伯父の罵声を聞き、伯父が靴底で何度も子供たちを殴るのを見ていた。そして、なぜか私は人の群れから進み出て、従兄弟たちの隣にひざまずいた。伯父の子供たちと同様、靴底で顔を殴ってほしいと願ったのだ。そのとき、私はもう十代の半ばだった。従兄弟たちとともに土下座して、涙で顔を濡らしていた。従兄弟たちよりも悲痛な泣き方をした。涙の向こうに、暴力を振るいながら叫ぶ伯父が見えた。それは空から降ってくるあられのようだった。しかし、伯父が子供たちを一人ずつ殴り、私の前で靴を振り上げたとき、私は泣きながら顔を上げて言った。「伯父さん、殴るのはやめて」

伯父は私を見て、手を空中で止めた。

最後に、伯父はがっくりして屋内の腰掛けにすわり、手に持っていた靴をはいて言った。「みんな立ち上がって飯を食え。食べ終わったら畑仕事に行くぞ」

こうして爆発は治まった。暴力も終わりを告げた。私が最初に立ち上がり、並んで土下座している従兄弟たちを一人ずつ引き起こした。

5　家を建てる

先に述べたように、私の父の世代は実の兄弟が三人、従弟を含めると四人の男がいた。伯父は長男で名前が閻大岳《イエン・ダーユエ》、父は次男で名前が双岳《シュアンユエ》。三番目は父の従弟で名前が三双《サンシュアン》、四番目は父の実の弟で名前が四岳《スーユエ》だった。四家族はみな近くに住んでいたが、伯父の家は我が家から数十歩の距離だったので、家族が毎日いつでもやってきた。私も毎日いつでも伯父の家へ行った。

叔父はよその町で働いていたので、家族内のことはほとんど伯父と私の父が相談し、伯父が行動に移した。

伯父と父は相談をするとき、子供たちを排除しなかった。伯父が我が家にやってきたのが食事どきであれば、門の敷居をまたぐやいなや、父は振り向いて母に言った。「早く兄貴の食事を用意しろ」

父と伯父の相談は屋内ではなく、中庭の軒下にすわって行われることが多かった。親しい仲では言葉はいらぬ。この言葉は彼ら兄弟にも当てはまる。父と伯父は兄弟の親しさゆえに、お互いに交わす言葉が少なかった。顔をひと目見れば、相手の言いたいことがわかるようだった。ある日、初冬の日差しが我が家の中庭を黄金色に染め、暖かく包み込んでいた。父は半生の努力を傾けて四人の子供のために間口七間の瓦屋根の家を建て、百五十平米あまりの敷地に波紋状の模様の入った石板を敷き詰めた。その石板の中庭で、伯父と父はご飯を食べていた。茶碗が空になっても、まったく口をきかない。私が伯父の手から空の茶碗を受け取ったとき、父はようやく顔を上げて言った。「伯父さんにおかわりを持ってこい」しかし、私が行こうとすると、伯父は私に首を振った。立ち上がって父を見ながら、前々から言いたかったことがあるのに、言い出せない様子だった。食事が終わって帰ろうとした伯父は、話をしないわけにいかなくなった。そこで、伯父は父に小声で言った。「双岳、発成《ファーチョン》（伯父の長男）が十九になった。適当な縁談があったら、おかみさん（私の母）にまとめてほしい」

私の父は伯父——彼の兄の顔を見て、沈黙のあとでうなずき、同じく小声で言った。「家は……今年建てないのか?」

伯父は庭の中央に立ち、空を見上げ、ひとしきり考えてから断言した。「建てる。年が明けたら、すぐに建てる」

これが兄弟間の大切な人生相談なのだ。家を建て、嫁を取り、子供たちを独立させる。きわめて簡単、かつ公明正大だった。二人は以心伝心、気脈を通じ、兄弟としてお互いを理解している。ほんのひと言だけ口にすれば、相手は命がけでそれを実行する。一度うなずいて見せることが、必ずやり遂げるという誓いとなった。

その簡単なやりとり以来、私の母はあちこちへ出かけ、発成兄さんにふさわしい相手がいないか、尋ねて回った。伯父は家を建てることに全精力を傾けた。あの一瞬の間に、彼ら兄弟は次の世代が大人になったことを知ったらしい。次の世代を独立させるために、責任を果たさなければならないことを悟ったのだ。伯父のところで家を建てるのは、居住のために切実な必要があるからではなかった。新しい瓦屋根の家が敷地内に建つことで、子供たちの婚姻に最低限の資本が与えられるのだ。

この年の冬、間口三間の家を建てるために、伯父は子供たちを率いて、寒さの中で労働を続けた。いや、風雪の中で家を建てるために、運命と人生との壮絶な戦いを繰り広げたと言ったほうがいい。私たちの田湖《ティエンフー》村から東へ三、四キロ行ったところに、河南省の伏牛《フーニュウ》山系に属する山脈があった。河南省西部は丘陵が多く、その地勢は陝西省の黄土高原に似ている。だが、伏牛山脈は赤い岩石の層が重なっていた。爆薬を仕掛けて崩すと、レンガのような赤い角ばった石となり、家の基礎として最適の資材である。だから、村に置かれている国家の施設、人民公社、供給販売公社、卸売り部門、医薬ステーションなどは、立派な風格を備えていた。一立方メートルいくらの安い価格で石を買い、家を建てるときに基礎に使ったのだ。しかし、石は山の上で採取し、数百メートルの幅のある伊河《イー》を渡って運ばなければならない。伊河には道も橋もないし、冬の寒さは厳しい。河を渡って石を運ぶ唯一の方法は、人が肩に担ぐことだった。

この年の冬、誰もが家でストーブに当たっているとき、伯父の一家は老いも若きも総動員で、凍てつく河を歩いて渡り、重い石を運びに行った。石は軽いものでも五十キロ以上、重いものは五百キロ以上あった。家族は一人、または二人がかりで石を担いだ。気温は上がっても零下、寒い日は零下十数度だった。岸に近い河の水には氷が混じる。河の中心は腰までの深さで、氷こそなかったが、その急流は骨身にしみるほど冷たかった。河の向こう岸まで運んできた石は、この河を越えなければならない。伯父は子供たちを連れて、服を脱ぎ、シャツとパンツ一枚になり、まず凍えた太腿の筋肉を両手でパンパンと叩いた。そのあと水に入り、河を渡り、石をこちらの岸まで運ぶのだ。日差しのぬくもりで気温が一、二度上がると、伯父は私の従兄弟たちと一緒に行動を起こした。口から白い息を吐き、額にうっすら汗を浮かべている。だが、体は水滴と氷に覆われていた。ザクザクと氷を踏みしめ、腰まで水につかり、石をこちらの岸まで運んだ。そして、さらに村まで引きずって行った。

その年の冬を伯父の一家は、そのようにして過ごした。

続く二年間も、凍てついた河を渡る生活を送った。山中の谷間と果てしない河原には北風が吹きすさび、草は枯れ、枝がヒューヒューと音を立てていた。家々の水がめは屋内に置かれていたにもかかわらず、氷が張って側面にひびが入ることもしばしばだった。河南省は全国でいちばん人口が多く、とりわけ私の故郷の街道沿いの村はいずれも人口の密集地だったが、寒さのせいで村が消滅したかのようになった。村人は姿を見せない。やむを得ない用事がないかぎり、誰も田畑や通りに出ようとしなかった。ところが、伯父とその家族は外出しただけでなく、遠くの河原まで足を運んだ。氷に閉ざされた河原はもちろん、零下二十度近い河の中で奮闘した。あの数年の冬、伯父とその家族に出会った人は、みな驚いて立ち止まった。そして遠くから彼らを見ながら、独り言を言った。「頭がイカレちまった！」こう言う人もいた。「何てこった。自分はともかく、子供を可哀相だと思わんのか」

伯父は何も言わなかった。

通りがかりの人に返事をしないだけでなく、自分から村人たちに、この命がけの苦役について説明することもまれだった。村に持ち帰った石は、一部を政府組織に売り、引き換えに得た現金で新居に使うレンガや瓦を買った。一部は自宅の門の前に置き、年が明けたら新居の基礎打ちに使うつもりだった。

その数年の冬、伯父の一家はみな、毎日両手で石を砕き、石を運び、石を持ち上げた。両足は帰宅して布団に入るとき以外、いつも裸足で河原の石の上を歩き、冷たい水につかった。だから、手も足も凍えて、発酵した練り粉のようにパンパンにふくらんでいた。血のにじんだ、無数の網状のひび割れもあった。ついに冬将軍が去ったとき、伯父の家の前にある二本の桐の木の下には、赤い角ばった石の山ができていた。それは人の背丈ほどの高さがあり、まるで伯父の一家の人生に対する挑戦状のようだった。さわやかで冷たい石の香りがした。通りがかりの人は必ず足を止め、石の山を褒《ほ》めたたえた。この石はすばらしい。家を建てるときの土台にすれば、なめらかさはレンガと同じ、強さはレンガの数十倍だろう。そして、誰もが気づいた。この家の家族は勤勉であるに違いない。彼らは人の注目を浴びる家を建てるはずだ。歳月と人生に対する信念が、無言のうちに家にも備わって、高々とそびえ立ち、村を見下ろし、人々の心を支配するだろう。

6　嫁選び

現在、私より五、六歳年上の従兄・発成兄さんには、すでに孫がいる。しかし、一九八〇年代生まれの彼の子女たちは、父親の世代が生きるために奮闘し、婚姻のために個人の尊厳を捨てたことを理解できない。

結婚相手を決めるのは、毎年春節以降のことだった。

伯父の家が建築途中だったとき、私の母は親戚の親戚を通じて、何キロか離れた卸甲溝村《シエジアゴウ》の蓮娃《リエンワー》という娘と連絡をつけた。現在の発成兄さんの妻である。人生は山あれば谷もあり、月日がたつのは早いものだ。だが当時、その娘を閻家に嫁入りさせるため、父と母と伯父は何度も相談と「検討」を重ねた。お見合いの日、伯母は家の中と外をきれいに掃除した。屋内の空気と中庭の木のほかは、すべてピカピカに磨き上げた。さらに、相手に会う必要のある人――すなわち伯父、伯母と発成兄さんは、みんな新しい服に着替えた。弟や妹たち、特にきれいな服を持っていない、気の利かない弟妹たちは、どこかに追いやられた。

我が家のベッドから運ばれた真っ赤な布団が、伯父の家のベッドに畳んで置かれた。

私の下の姉は、魔法瓶にお湯を入れて持って行き、伯父の家の母屋のテーブルの上に置いた。

さらに、口の欠けていない茶碗をいくつかきれいに洗って、来客用に並べた。

新たに赤いペンキを塗った小さいテーブルを食事用に借りてきて、部屋の真ん中に置いた。その上には、落花生とクルミがのせてあった。

もちろん、いちばんの主役は発成兄さんである。青い制服を着て、頭は角刈り、見合い相手の来訪を待っていた。昼近くに、相手は中年の婦人に付き添われて、村に入ってきた。恥ずかしそうにしているが、すらっと背が高く、確かにひとかどの人物だ。蓮の花のような清らかさと瑞々《みずみず》しさもある。村の入口で、私たちは遠くからその娘をのぞき見た。大胆な子供は、通行人を装って近づいて行った。目の前まで行くと、わざと咳払いをして、その娘を驚かせた。彼女たちは大衆の監視の下で村に入り、伯父の家に入った。家の建築用資材として積み重ねてある石の前では、しばらく足を止め、視線を向けた。それがいまだに石の山で、まだ家となっていないことを確かめているかのようだった。

蓮娃姉さんと発成兄さんが初対面でどんな話をしたかは知らない。姉さんは伯父の家について、どんな印象と考えを抱いたのだろう？　いずれにせよ、彼女が昼ご飯を食べて帰ったあと、伝わってきた情報は結婚に不同意というものだったらしい。発成兄さんを気に入らなかったのではなく、伯父の家が不満だったのだ。

貧しさを嫌ったのだ。

家族の多さを嫌ったのだ。

家が未完成で、赤い石の山しかないのを嫌ったのだ。

その日、相手が帰ったあと、伯父は我が家にやってきて、父と母と三人でしばらく語り合った。私は何度も部屋を出入りし、伯父の顔が青くなったり白くなったりするのを見た。人生の一大事が起こり、いきなり伯父の一家の運命に悪い影響を与えているらしかった。しばらく難しい顔をしてすわっていた伯父は、帰りがけに長いため息をついて言った。「発成の結婚がつまずくと、あとの子供たちの結婚はますます難しくなるだろうな」

伯父と私の父がどのように相談したのかは知らない。翌日、私の母は山を越えて蓮娃姉さんの家まで行った。母がその村へ行って相手側にどんな話をしたのかも知らない。数日後、市が開かれた日に、蓮娃姉さんの父親が伯父の家にやってきて、家の周囲を見て回った。桐の木の太さまで自ら測り、最後は建築資材の石の山の前に立って、片足を石にのせて何か考えてから、そばにいた伯父に言った。「この木は使えそうだな」

「家を建てるときには、梁として使う」伯父が言った。「家の裏の木は、桁《けた》にするつもりだ」

相手は石の山を見つめながら言った。「みんな河の向こうから運んできたのかい?」

伯父は「そうだ」と答えた。「暇を見つけて、あと何回か運びに行くつもりだ。基礎を高くしたいんでね」

相手は、だしぬけに言った。「縁談は承知したよ。帰ってから女たちを説得しなければならんが」

伯父は言った。「新社会では、結婚は自由だ。結局、子供たちのことは子供たち自身が決めるのさ」

振り返ってみれば、蓮娃姉さんが発成兄さんに嫁いだのは、農村の結婚株式市場で優良な未公開株を買ったようなものだ。当時の発成兄さんは十七、八にして、すでに広く名の知れた左官だった。いまで言えば村の技師たちのリーダーで、工事責任者でもある。人柄がよく、技術も確かだ。生活は順調で、前途有望、誰からも愛される人だった。けれども、三十数年前、伯父は彼らの結婚で悩んでいた。最終的に相手がこの結婚に同意したと聞いたとき、伯父は満面の笑みを浮かべて、私の母に尋ねた。「同意したか?」

母は言った。「向こうは家が完成したら結婚させると言ってます。新しい家に住むのが、結婚の条件だって」

その瞬間、伯父の顔から笑みが消えた。人が歩いていて何かにつまずいたときのように。その後、伯父はもう笑わなかった。私の母に対してうなずき、まじめな顔で言った。「先方に返事してくれ。おれが建てると言った以上、家は必ず建てる」

いま、伯父が世を去って三年が過ぎた。生きていたとしても、人生の些細なエピソード、あのまじめな顔や家を建てる約束のことは覚えていないかもしれない。なぜなら、彼の人生の半分、もしくは三分の二は、約束と願いを実現するために努力すると同時に、また新しい約束をすることに費やされていたから。伯父は約束のために生きていた。実現できない約束に終生苦しみ、不安と矛盾を抱えている人だった。

伯父の一生は、ほとんどが人生と運命に対する約束に苦しみ、痛めつけられることの連続だった。しかし、約束のために生きていたからこそ、ささやかな農民の人生を理解する高貴さと上品さを獲得できたのだ。伯父が大地に残した生命の痕跡は、他人よりもずっと奥深く輝かしいものとなった。

7　尊厳

伯父は貧しい村の農民で、きわめて平凡な田舎者だった。しかしまた、非凡という形容にふさわしい尊敬すべき人生を歩んだ人でもあった。

その年、家屋の建設が始まった。

その年、発成兄さんが結婚した。

新築の家が完成した日は当然、村の風習に従って、職人たちを招いて大盤振る舞いをした。肉を食べ、酒を飲んだ職人と徒弟がにぎやかな宴席に別れを告げたあと、道に面した大きな瓦屋根の家は静まり返った。赤や黒のレンガと石の硫黄の匂い、そして湿り気のある土の芳香が漂っていた。家の中は空っぽで、広々として見える。初夏の陽光が窓から差し込み、まるで目に見えない薄絹のような、すがすがしい空気を照らし出している。私が従兄弟たちと一緒に家の中にすわり、陽光を浴びた室内の様子を眺めて、今後の生活に美しい期待を抱いていたとき、伯父が入ってきた。

伯父は言った。「おまえたち、ここにいたのか。ちょうどいい。言っておきたいことがある」

伯父は日差しを浴びて、戸口に立っていた。百七十センチ以上ある大きな体が、板のように立ちふさがっている。私は天安門の楼上に立つ毛沢東を思い出した。一九四九年十月一日、毛主席は天安門の上で宣言した。「新中国が誕生した！　中国人民は立ち上がった！」そして、新中国の誕生から二十年後、北方の村の農民が家族の血と汗の結晶である新築の家の戸口に立ち、六人の息子と二人の娘にこう告げた。「家は完成したが、借金もできた。人間はこの世で、どんな借りを作ってもいいが、借金だけは返さなければならん。明日から、うちの家族はまた石運びを始める。それを売って、早く借金を返すんだ」

生活はまた、もとの軌道に戻った。もともと軌道をはずれたことはなかったかのように。朝はまだ暗いうちに起きて、数キロ離れた河の対岸の山間へ行った。そして、石を担いで、腰まで水につかって急流を渡り、村の国家機関へ運んで売った。一日に二回、行きは満天の星の下、帰りも満天の星の下だった。農繁期と正月を除いて、伯父の一家は来る日も来る日も、来る年も来る年も頑張った。それは中国の歴史上有名な「三年連続の自然災害」のように、三年あまり続いた。

いずれにせよ家の新築によって、伯父一家の激動の日々には他人との共通点、相違点があることが明らかになった。共通点は、あの時代の農村の貧しい暮らしを送ったことだ。相違点は、伯父の家族が多いため、生活がより苦しかったことである。しかし、一家に伯父がいることは、新しい植林地の中に太い老木があるようなもので、気品と活力を与えていた。伯父はまさに、林の中の古木だった。牛馬のように耕作に励み、羊や雁のように子供たちを率いて、食べ物や着る物に困らないようにした。彼らが成人後、結婚して子供を生むことができるような条件を整えた。伯父は字を知らず、難しい言葉も使えなかったが、「尊厳」という二文字の深い意味を理解していた。

人間がこの世で生きていく上での尊厳である。

尊厳には大小の区別があるが、高貴と卑賤《ひせん》の区別はない。時計に示される時間のようなものだ。置時計の場合、大きいものは家屋のように横たわっていたり、松柏の木のように立っていたりする。小さいものは拳《こぶし》あるいは卵ほどで、机の角や枕元に置いてあると、枝に止まっている小鳥のようだ。腕時計には、南京製のブランド「鍾山《しょうざん》」がある。銅貨ほどの大きさで、黄色い光沢を放っている。値段は三十元、腕につけると、ごついのでとても目立つ。上海製のブランド「上海」は、百元ほど。比べると確かに精緻《せいち》で美しい。しかし、さらに輸入品を見れば、日本製は薄くてピカピカ、スイス製は優美で艶がある。これらの時計の外観は、大小、貴賤、美醜の区別があるが、示される時間は分、秒まですべて同じだ。いずれも分散した歳月と生命の積み重ねである。我々の人生の尊厳、人間の尊厳も、まさに時計の時間に似ている。時計は違っていてもいいが、時間は必然的に同じでなければならない。尊厳もまた、時間のようなものだ。国王の尊厳が民衆の尊厳より大きく重いとは限らない。省長の尊厳が農民の尊厳より値打ちがあるとは限らない。

国王は自分の尊厳のために、人の首をはねることができる。一方、民衆は殺されようとしたとき、自分の尊厳のために腰をぴんと伸ばし、世間に向かって自分が決して卑小ではないと示すことができる。だとすれば、後者の尊厳のほうが実際は前者よりも崇敬に値するだろう。

省長は尊厳のために文書を公布し、無数の人手と財力を動員することができる。一方、農民は自分の尊厳のために、収穫用の鎌を研《と》いで鋭利にし、耕地を耕す犂の刃を尖《とが》らせることができる。だとしたら、後者の尊厳はやはり前者よりも根源的かつ人道的で、温かな人間味があるだろう。人の世とはそういうものだ。皇帝は尊厳のために戦争をする。民衆は尊厳のために労働をする。金持ちは尊厳のために大金を注ぎ込む。貧乏人は尊厳のために、避難先で食事の施しを受けるとき、食器がより清潔であることを求める。

一本の木の尊厳は颪の中で倒れないことだ。一本の草の尊厳は春に精いっぱい緑を濃くし、秋にはできるだけ枯れるのを遅くすることだ。家の尊厳は人に住んでもらうこと、車の尊厳は荷物を満載したときにも軽快に速く走れること、犬の尊厳は隣人や通行人に蹴られたり石をぶつけられたりしないこと、猫の尊厳はネズミがチューチュー言いながら目の前を通り過ぎたりしないことである。道に落ちている一粒の砂には命がなく、呼吸もしていないようだが、それでも尊厳はある。それは風が吹いたとき、塵《ちり》と一緒に空に舞い上がらないことだ。たとえ舞い上がったとしても、塵が前または上にいて、自分が尊厳の重みによって、塵のように浮ついていないことを見せつけたいと思っている。

尊厳は人生の時間の中にあるのではない。時間の中に割り当てられた人生の重みによって決まるのだ。尊厳は目に見えない空気や浮雲ではない。人生の中の気品と活力なのだ。

尊厳は難しく言うと、人生における着衣や表情ではない。むしろ、人生が内包する意志の力である。簡単に言えば、人生において示される気骨と風格である。

伯父は大いに尊厳のある人だった。

人間の尊厳を生きる上で最優先にした。

農民として、私たちの生産隊でいちばん野良仕事の腕がよかった。

男として、義理人情を重んじ、かつて鉈《なた》を片手に単身で数キロ先の隣村へ乗り込み、相手の耳を切り落としたことがあった。

父親として、苦労を重ね、毎年、毎月、毎日、汗を流して働いた。貧困の時代にもかかわらず、八人の子供を障害なく育て、結婚させた。

家を新築した年、伯父は子供たちを引き連れて、血と汗で借金を返済した。さらに、その新しい家の軒下に、次にまた家を新築するための土台の石とレンガを積み重ねた。新しい土台の石が積まれたとき、伯父の長男――発成兄さんと蓮娃姉さんはついに結婚した。銅鑼《どら》と爆竹、落花生とクルミ、おめでたい対句と色とりどりの紙吹雪、そして途絶えることのない村人と湧き上がる笑い声が、伯父の家の初めての嫁を迎えた。新婚夫婦が新居に入り、人々がにぎやかに談笑していたとき、伯父は私の母を人気《ひとけ》のない片隅に呼び、まじめな顔で言った。「次男の書成もいい年だ。適当な相手がいたら紹介してくれ。相手にはこう言うんだ。次男が結婚するときには、必ず新しい瓦屋根の家を建てるってな」

8　賭博

伯父の粘り強さと尊厳については、すでに述べた。じつのところ、粘り強い生き方を伯父は自覚していて、人前で口にすることもあった。しかし、伯父は決して、自分が村でいちばん尊厳を重んじる人間だとは言わなかった。

なぜなら——賭博が好きだったからだ。

賭け事は伯父の一生の汚点となり、彼の品位を落とし、永遠に治らない傷を心に刻んだ。

私の故郷で賭博は、小さなものなら農村の娯楽と見なされていた。旧正月や農閑期の文化生活の一種と言っていい。しかし、小さなものが大きなものに変わると厄介だ。深夜まで帰らず、食事にも帰らず、元手がなくなると借金をしまくる。穀物や樹木を売ってしまう。そうなると、娯楽や文化生活ではすまされない。賭博常習者、博徒と呼ぶべきだろう。

伯父は小さな娯楽が高じて、賭博で寝食を忘れるようになった。最初は、農繁期と農閑期が繰り返される単調な生活ゆえ、村人たちの「コイン遊び」に加わった。三枚の銅銭の文字のない面をつるつるになるまで磨く。文字のある面はそのままで、「乾隆《けんりゅう》」「道光《どうこう》」という清代の年号が刻まれていた。その後、銅銭を文字のある面を上、つるつるの面を下にして手にのせる。そして、体を弓なりにして膝を曲げ、三枚の銅銭を強くはずみをつけて地面の石やレンガに向けて投げつけるのだ。銅銭のつるつるの面が三枚出たら大勝ち、二枚なら小勝ちである。逆に、文字の面が落下後に三枚上を向いたら大負け、二枚なら小負けである。簡単で明確なルールがあり、すぐに覚えて遊べることが最大の特徴だった。

伯父はこの遊びを通じて、賭博好きになっていった。賭け金は三分ないし五分から始まって、のちには数角ないし数元に上がった。夢中になると、賭け金はさらに百元ないし二百元にまで達した。現在では、数十元から百元と言えばタバコ一箱、二百元から三百元でも街角の店で会食をする程度の金銭にすぎない。しかし当時、一九六〇年代や七〇年代には、卵の小さいものが二、三分、大きいものが三、四分だった。五百グラムの塩が八分という時代である。百元、二百元の負けは間口一間の家、三百元、五百元の負けは間口三間の家、あるいは大きな屋敷を失ったに等しい。

ところが伯父は毎年、賭けては負け、負けてはまた賭けていた。毎年の賭け金は、大邸宅や新築の間口三間の家に相当する。子供たちを引き連れて、風雪の中、凍てついた河を渡って数キロ先から運んできた石の売り上げは、冬の間の血と汗の結晶として蓄えられていた。本来、子供たちのために家を建て、妻を迎える資金だったはずだ。しかし、正月の休みに、伯父は年越しの餃子を食べたあと、急に姿を消した。伯母や子供たちは賭場で伯父を見つけ、言い争いの末、家に連れ戻した。

伯父の正月の賭博を封じるため、伯母は家の蓄えを慎重に隠した。しかし、伯母がどこに隠しても、最終的に伯父はあちこち探し回って、それをひそかに見つけ出すのだった。

伯父自身も、自分の賭博を予防しようと考え、手持ちの現金を私の母や父に預けた。伯父は言った。この金を預かってくれ。いつか賭博で負けて、この金を取りにきたとしても、絶対に渡さないでほしい。この金は将来、子供たちが結婚するときに使うものだから。ところが、結果はいつも思いどおりに行かず、正反対となった。伯父はすっからかんになって賭博が続けられなくなると、必ず私の両親を訪ねてきて言った。「金を渡してくれ。急に入用になったんだ」

賭博に使うことはわかっていたが、渡さないわけにはいかない。

母は言った。「兄さん、賭け事はやめてね」

伯父は顔を赤くして言った。「賭け事じゃない。本当に入用なんだ」

父は伯父の弟であり、いつも伯父の賭博癖に地団太《じだんだ》を踏み、食事も喉を通らないほど腹を立てていた。父がもし伯父の兄だったら、賭博の資金を要求しにきた伯父にびんたを食らわせただろう。父が伯父より年長だったら、賭博を理由に伯父を家から追い出しただろう。もしくは、家の梁に吊るしただろう。しかし、父は伯父の弟であり、伯父は父の兄だった。田舎の倫理と道徳に照らせば、弟が兄に腹を立てても仕方ない。伯父がすっからかんになって、自分の稼いだ金を渡してほしいと父に言ってきたとき、あるいは、金がないので数十元貸してくれないかと母に言ってきたとき、父はいつも顔をそむけ、下を向いた。目に浮かんだ涙が乾いてから、もしくは涙を拭ってから、父は振り向いて懇願するように伯父に言った。「兄さん、賭け事をやめるわけにいかんのかい？」

伯父は弟の前に立ち、しばらく沈黙したあと、悲しそうに、また恥ずかしそうに言った。「今度ばかりは見逃してくれ。次はもうしない」

相手が兄なので、父は金を渡すしかなかった。何と言っても、二人は実の兄弟である。伯父が金を手にして門を出るとき、父はそのうしろ姿を見ながら、涙こそ流さなかったが、泣きはらしたように目のふちを真っ赤にした。

9　破滅への道

あるとき、伯父は賭博で負けた。正月の二日に家を出て、三日の午後に帰宅したのだが、顔は蒼白、目がうつろだった。母屋の椅子にすわり、しばらく口をきかなかった。言うまでもないことだが、伯父は単に負けただけでなく、子供たちの家を建て嫁を迎えるための資金も、人間としての尊厳と名声も失ってしまったのだ。負けることはかまわない。しかし、人間としての名声と自尊心を失うことは、家産をなくすよりも重大だった。名声と尊厳は伯父の品位と人格に関係するばかりか、子供たちが一人前になる過程にも影響を与える。伯父は子供たちの結婚を、ほかの父親よりも気にかけていたのだから、きっとわかっていたはずだ。彼の賭博の評判が子供たちの結婚と将来に影響するということを。実際、彼の賭博好きは、この家の名誉と子供の前途に影響していた。彼の賭博のせいで、この家に嫁ごうとした娘たちは、あきらめるか躊躇した。正月三日の午後に帰ってきた伯父は、何も言わず、何もしなかった。腹が減ったとも言わないし、眠いとか疲れたとかも言わない。その場にすわったままだった。伯母や子供たちが、伯父を取り囲んで尋ねた。

「また負けたの？」

「いくら負けた？」

どんな質問を浴びせられても、伯父は口をきかなかった。どうしても何か言わなければならない、口を開かなければならないときになって、伯父は突然、自分の顔にびんたを張った。自分を殴り、自分を罵り、自分は尊厳もなければ反省もない、死んだほうがましだと言った。

伯父はとても頑固で、まじめな人だった。これほど自暴自棄になって、自分を痛罵したことはなかった。こんなことが起こって、家族全員が驚き、慌てて彼の手を押さえた。いくら負けたにせよ、二度と賭け事をしなければそれでいいと言った。子供たちも、目に涙をためて、伯父が自分を殴るのをやめさせようとした。また一年、河の向こうから石を運んできて売ればすむことだと言った。

事実はこういうことだ。二軒目の家を建てる資金は八割か九割集まり、正月明けから工事が始まる予定だった。しかし、いまは家を建てるどころか、家族は対岸の数キロ先まで行き、牛馬のように石の採掘と運搬を続けなければならないのだ。

こうして労働と生活が再開され、再び家を建てる資金がある程度たまった。それは夏で、太陽が熱く燃え、大地が身を焦がすような蒸気に包まれていた日のことだ。セミの鳴き声と水の流れる音が、空に響いていた。私はカバンを背負って学校から戻り、門を入るとすぐ、大声で叫んだ。

「母さん――喉が渇いた！」

私に答えたのは、あたり一面の沈黙と静寂だった。

私はぼんやり、家で何かが起こったのだと感じた。急いで屋内に入ると、父と母と姉たちが、黙って頭を抱えていた。

私は尋ねた。「どうしたの?」

母が私のカバンを受け取って言った。「早く伯父さんに会いに行きなさい。伯父さんが毒を飲んだの。早くしないと、もう伯父さんに会えなくなるよ」

私は愕然とした。「なぜ?」

父あるいは母が、私の質問に短く答えた。「賭け事だよ」

私はすぐに伯父のところへ行った。数十歩の道のり、二軒隔てた伯父の家までは、せいぜい数分しかかからない。ところがそのときは違った。途中で隣人たちが仕事をしていたり、話をしていたりするのに、誰もいない田野か山中を歩いているかのようだった。心の中に砂漠が広がり、寂しく静かで、胸の鼓動が自分の耳に伝わってきた。私にとって、人の自殺は初めての経験だ。しかも、私の実の伯父である。この村を愛し、貧しい生活を愛し、自分の子供と甥や姪を愛してきた人だ。私にはわからなかった。人はどうして、賭け事をするのだろう。どうして、好きになるとやめられないのか。私はうすうす気づいていた。賭博の中毒は、老人たちが語るアヘンの中毒と同じものだ。病みつきになると抜け出せない。そうなったら、家産を失うか、自ら命を絶つか、どちらかだ。伯父は後者を選んだ。伯父の家に着く前に、私はひそかに自分を戒めた。連科《リエンコー》よ、おまえは一生、賭け事だけはするな!

そして、伯父の家に着いた。

伯父の家では私の家と同じく、家族全員が沈黙を守り、母屋の椅子にすわっていた。私は室内に入り、小声で「伯父さんは？」と尋ねた。誰かが目で、奥の部屋を示した。私は視線をたどり、奥の部屋へ入って行った。室内は表の間よりも暗く、明かりが弱々しい。まるで病人の呼吸のようだ。私は戸口で、しばらく呆然としていた。奥の壁よりにベッドがあり、伯父がこちらに背を向けて寝ているのが見えた。

私はそっと「伯父さん」と声をかけ、伯父のベッドに近づいて行った。

伯父は体を動かしたが、こちらを向くことはなかった。

伯父の枕元に立った私は、大人たちのまねをして聞きたかった。伯父さん、具合は少しよくなりましたか？　賭けに負けたっていいじゃないですか。どうして、こんな短気を起こしたんです？　しかし、私は何も言わず、その場に立ち尽くしていた。どのくらい時間がたったのかわからない。私は退屈したかのように、黙ったまま向きを変えて、外に出ようとした。このとき、私の足音が伯父を驚かせたのだろう。伯父は突然、起き上がり、体をベッドのへりに移動させ、私の手をつかんだ。そして、私の顔をなでながら、低い声ではっきりと言った。「安心して勉強するんだ。伯父さんはもう賭け事をしない」

伯父の言葉を聞いて、私は涙を流した。伯父は賭博で家産を失ったにすぎない。たとえ殺人や強盗を働いても、彼は私の実の伯父である。血縁関係で結ばれた肉親だ。涙をこらえて伯父の家を出たあと、私の心は大きなぬくもりで満たされた。いま、あのときの伯父の自殺を思い出し、父と伯父の兄弟の情を思い出し、彼らが普通の人生を歩むために犯した過ちを思い出すとき、私は深い感慨を覚える。人間の成長にとって、最も重要なのは物質的な衣食や金銭ではない。移ろいやすい恩愛や慈悲の気持ちでもない。物質と精神が渾然《こんぜん》一体となった、音もなく降る雨のような温情とうるおいなのだ。成長していく草木のように、光と雨は欠かせない。しかし、日照りや暴風雨に何度も見舞われたら、光と水は不足しなくても、最終的に草木は正常な成長を遂げられない。音もなく降る雨のうるおいと栄養があってこそ、焼けつくような日差しではない十分な光があってこそ、草木は成長する。人間の心も、善意と温情で満たされるようになる。

私は貧しさと温情にあふれた家で育った。

私の従兄弟たちも、貧しさと温情にあふれた家族の中で育った。従兄弟は合わせて十六人、曾祖父を同じくする同世代の子供も含めると二十数人になる。私を含めて、役人に出世したり、大金持ちになったりした者はいないが、一人残らず善良だ。善良を人生の基調の色とし、その上にほかの色を塗り重ねている。人生をできるだけ豊かで、情愛に満ちたものにしよう、喜びとぬくもりを多く与えようとしているのだ。

善良は人間の存在理由、人間の根本である。

家族が世代ごとに生み出している肉親の情、温情は、善良さを育てる土壌、陽光、雨水である。

私が伯父の家から帰ると、母は簡単に伯父の自殺の理由と経緯を話してくれた。その日、伯父はそれまでの半年、いくつかの政府機関に売った石材の代金を受け取ったあと、あいにく、いつも賭博をしている仲間に出くわした。押し問答のあげく、数人である場所へ行くことになった。

その場所で、伯父はあっという間に持ち金をすってしまったのだ。賭けに負けたあと、伯父が何を考え何をしたか、心の中にどんな葛藤《かっとう》と苦悩があったかは、誰にもわからない。とにかく、昼食がすんで村人が昼寝をしている時間に、伯父は街から帰ってきた。いつもと変わらず知り合いと話をし、いつもと変わらず自分の家の前に立ち止まり、前後左右の町並みを見た。その後、一人の子供を使いに出し、まだ学校へ行っていない自分の家と親戚の家の子供たちを集めた。そして彼を「おじいさん」と呼ぶこれらの子供たちを桐の木の下へ連れて行き、ポケットから飴や砂糖豆を取り出して分け与えた。もらっていない子はいないかと彼が尋ねると、子供たちは飴を持った手を上げて「もらったよ」と答えた。まだ来ていない子はいないかと尋ねたあと、彼は私の上の姉の子供・円円《ユエンユエン》がいないことに気づいた。そこで、ほかの子に、幼い円円を呼んで来させた。

円円がやってきて「おじいちゃん」と呼びかけると、伯父はポケットの飴をひとつかみ手渡した。伯父は笑いながら、改めて子供たちに「まだ飴をもらっていない子はいないか」と尋ねた。子供たちも笑いながら、「みんなもらったよ」と答えた。伯父は最後に子供たちを見て、一人ずつ頭と顔をなでた。そして子供たちがツバメの群れのように、飴をなめながら去ったあと、家に戻って毒を飲んだのだ。

伯父のポケットには子供たちのために買った飴と砂糖豆が入っていたが、別のポケットには自分のために買ったネズミ駆除の薬が入っていた。伯父が毒を飲んだあと、ちょうど伯母が洗濯を終えて帰ってきて、白い泡を吹いてベッドに倒れている伯父を発見した。それで大騒ぎになり、伯父は病院へ運ばれることになった。

伯父は命を取りとめた。

いま、あれから数十年が過ぎて、伯父が自殺前に子供たちに最後の飴と砂糖豆を配ったことを思い出すと、私の心は甘く温かい感情で満たされる。私の人生に父や伯父たちの存在があったことは、まさに天が私に与えてくれた無上の恩恵である。私の成長の過程で、欠けているものは多かったが、唯一恵まれていたのは、父や伯父たちの音もなく降る雨のような温情と庇護だった。

10　テレビ

それ以来、ずっと伯父は賭け事をしなかった。正月に暇を持て余し、どうしようもなくなったときも、賭場を見て回るだけだった。

その後、私は高校を中退して河南省の新郷《シンシアン》へ行き、駅でセメント工場の臨時工として働いた。現在、農村から町へ出稼ぎに行く人たちは「農民工」と呼ばれている。だが、当時は一律に「臨時工」と呼ばれていた。さらに一九七八年、私は従軍して河南省商丘《シャンチウ》や開封《カイフォン》の部隊に所属した。数年後、私は親戚訪問のために帰郷し、栄養食品を手土産に伯父を訪ねた。また新たに建築された家の前で一緒にすわり、伯父は私に言った。ネギ、ニンニク、ウリなどの売れ行きがいいので、稼ぎは以前よりも多い。ときには、季節に先駆けた商売もする。河南省三門峡《サンメンシア》市の霊宝《リンバオ》県へ行ってリンゴを仕入れ、ここまで運んで売る。あるいはトラックを雇って湖北や四川まで行き、そこのミカンを運んできて小売り業者に卸すのだ。

伯父は、かなり儲《もう》けたと言った。

私は少し心配になって、伯父を見た。

伯父は笑った。「賭け事はしてないさ。まったく、してない」

私の懸念は徐々に和らいだ。高く抱き上げられた子供が地面に下ろされたように。続いて伯父は新築の家を指さして言った。この家を建てたが、まだ数百元の蓄えがある。来年、里帰りするとき、コネを使ってテレビを一台買ってきてほしい。テレビがあれば、暇つぶしができる。今後は賭け事などしないし、賭場を見て回ることにも興味がなくなるだろう。テレビがないと、暇を持て余したとき、賭場へ行ってみる気持ちが抑えられない。思わずまた、賭けに加わってしまうのが心配だ。

私は伯父に向かってうなずき、今度里帰りするときは、必ずテレビを一台持ち帰ると約束した。それは一九八〇年代のことで、テレビは中国で売れ行きがよく、品薄だった。伯父にテレビを買うために、部隊に帰った私はあちこちに手を回した。

伯父が人生で大打撃を受けたのは、一九八〇年代初期のことだった。

一九八〇年代の初め、伯父の家の五番目の子供・鉄成《ティエチョン》が私と同様、軍隊に入った。違いと言えば、私が故郷に近い河南の部隊に入ったことだ。それに対し、従弟の鉄成ははるかに遠い新疆《しんきょう》ウルムチの兵営に配属された。六泊七日あるいは七泊六日、汽車に揺られて、ようやく荒涼とした、一人の知り合いもいない地の果てに着く。

この私の従弟は、もともと内気で寡黙だった。小さなことでも気にしてしまう。神経が細かすぎるせいで、女の子のように、些細なことでも敏感に反応し、よく腹を立てる。そこで、伯父と私の父が相談し、入隊を決めた。農村を離れ、部隊で鍛えられれば、人生が開けると考えたのだ。年末に彼は軍服を着て、村の子供数人と一緒にウルムチの兵営へ向かった。兵営で十日ほどの訓練を受けたあと、彼は首を吊って自殺した。

私の従弟は、わずか十八歳で死んだ。

彼は年末に死亡したが、ウルムチから知らせが届いたのは年が明けた正月のことだった。怪しげな事の経緯を思うと、いまでも胸が痛む。その年の正月、ある人が朝早く街を歩いていて、路上で一通の手紙を拾った。封筒の宛先には伯父の名前が書かれていたが、差出人の住所や名前は見当たらない。その人は手紙を伯父の家に届けた。開封したとたん、青天の霹靂が伯父の家を襲い、家族はみな目を見張り口を開けて、一瞬何が起こったのかわからなかった。

手紙には、私の従弟・鉄成が兵営で自殺したと書かれていた。

手紙には、それ以外の文面がなく、署名と日付もなかった。自殺の理由と時間も記されていない。伯父の一家は涙と驚きに包まれた。電報や電話で手紙の真偽を確かめようと試み、発成兄さんたちは洛陽まで行き、汽車の切符を買って新疆へ駆けつけようとした。その翌日、民兵隊の人が軍隊の幹部を案内して、伯父の家に遺骨を届けてきた。彼らは伯父の一家に説明した。従弟は部隊に到着し、訓練を始めて一週間後、隊列を乱したため、新兵訓練班の班長に何度か足を軽く蹴られた。従弟はそれを苦にして、宿舎に戻ったあと、背嚢《はいのう》の紐《ひも》で首を吊った。

彼らは、何度か足を軽く蹴ったと言った。

彼らは、それがよいことだとも悪いことだとも言わなかった。

従弟の所属していた部隊の幹部が、ひとつの生命の消失にどんな責任を負うのかについても、語らなかった。

まして、昨年中の死亡の知らせが、なぜ年が明けて半月もたって私たちの家にもたらされたのか、なぜ家族が現地へ行って従弟を火葬することを許さず、直接遺骨を届けてきたのかについても語らなかった。

一か月前には朝露のように生き生きしていた若い命が、一か月後のいまは姿を消し、何の遺品も返ってこない。ただ、冷たい骨壺があるだけだ。この青天の霹靂がもたらした一群の泣き声を前にして、部隊の幹部は慰めの言葉を語った。従弟の自殺の原因は、主として本人の内向的な性格にある。本来、この自殺は一般的な死亡に属するものだが、もし伯父の一家が部隊の誰かの責任をこれ以上問わないのであれば、従弟の死を職務上のこととし、殉職者の扱いにできる。

しかし、この件はその後、見送られた。

これらの出来事はすべて、従弟の死から数か月後のことである。里帰りした私に、両親はこの話をあれこれ、詳しく、くどくどと話した。当時、私はすでに部隊で昇進し、師団の政治部門の責任者になっていた。いわゆる「兵営の浄土」のことは、隅々に至るまで熟知している。そこで、手荷物を置き、水をひと口飲むとすぐ、伯父を訪ねに行った。

伯父の家では、机の上に鉄成の遺影と遺骨を安置していた。家族はみな畑仕事に出ている。初夏の清々《すがすが》しさが、田畑から流れてきて、私と伯父の身を包んだ。中庭の窓の下に、太いチャンチンの木があり、戸口に緑の影を投げかけている。その葉が放つ、病院の消毒薬のような強い匂いが、木陰から室内にまで漂ってきた。私と伯父はその匂いの中で、いつまでも黙ってすわっていた。従弟の遺影が机の上から私を見つめ、この沈黙を破って何か言えと促しているような気がした。

私は伯父に言った。従弟がそんなに簡単に、あっさりと死ぬはずはない。相手の要求をすんなり受け入れることなく、事の真相を明らかにするべきだ。鉄成は自殺したとしても、必ず理由があるだろう。我々は多くの疑問について、部隊の説明を求めなければならない。

私はさらに、多くのことを伯父に話した。道に落ちていた、素性のわからない手紙のこともある。おそらく、部隊としては従弟の死を伏せておきたかったのだろう。我々が旧正月の休み中に河南から新疆へ押しかけ、因果関係を追及することを恐れ、従弟の部隊の同郷の新兵が手紙を書いて実家に知らせることを禁じた。それでも同郷の新兵は郷愁に駆られ、遅ればせながら手紙を出した。その両親は受け取った手紙を道に置き、こっそり私たちに情報を伝えようとしたのだ。

私は伯父に自分のさまざまな考えを告げた。部隊の古参兵が新兵に体罰を加えること、兵営ではもめごとが尽きないことも話そうとした。しかし、顔を上げて見ると、伯父はとても疲れた表情で私の前にすわっていた。うっすらと汗を浮かべ、熱が出てめまいがしている様子だった。

私は尋ねた。「伯父さん、具合が悪いの？」

伯父は首を振った。

私は言った。「鉄成のことは、これで終わりにするの？」

私を見つめながら、伯父は長い沈黙のあと、弱々しい声で言った。「部隊の人たちを告発すれば、誰かが処分を受け、隊長は首になるだろう。しかし、それで鉄成が生き返るか？　処分を受け首になる班長や隊長は、聞いた話だと、みんな農村の出身だそうだ。みんな家が貧しくて、仕方なく入隊して新疆まで行ったのさ。農村を出て、軍隊に活路を求めた人たちばかりだ。鉄成はもう死んでしまった。その人たちの前途を奪うようなことはしないでおこう」

そこまで言うと、伯父は振り向いて、机の上の鉄成を見た。私の従弟、彼の五番目の子供の遺影と、伯父は目配せをして、気持ちを通じ合った。それから向き直り、私をしばらく見つめたあと、長いため息をついて言った。「部隊の人たちは、おれたちの家なら話がつけやすい、何の要求も出さないと思ったんだろう。それだけでなく、おれたちがクソまじめの意気地なしだと思ったに違いない。この村の人たちは、おれたち閻家が殉職者の遺族という栄誉のために、告発をやめたと思うだろう。それでいい——いいことにしよう。どうとでも思わせておけ。おれの考えは、ただひとつ。おれたちの家が災難にあっただけで十分だ。他人に累《るい》を及ぼすことはしたくない」

伯父の家から出たあと、私は伯父の限りない善良さと誠実さを感じた。伯父の内心の苦痛が底なしの井戸のように深いことも感じた。だが、その言動は果てしない田野のように寛大である。私は伯父を尊敬し、敬慕する。伯父は普通の人だ。賭け事が好きで、「博徒」と陰口を叩《たた》かれたこともあった。しかし、従弟の鉄成の事件を処理する過程で、私は伯父が私たちの村で最高の人物であることを確信した。同時に、この世界で最高の人物であることも確信したのだった。

12 連雲

何と言っても、私の従弟の死は、伯父の運命における大打撃だった。伯父は急に老け込み、げっそり痩せた。村人の前では無口になり、髪の毛もどんどん白くなった。一族の子供たちに対しては、相変わらず街でお菓子やおもちゃを買ってやったが、それを配るときに涙を浮かべた。視線をはるか彼方、鉄成の遺骨を仮に埋葬した丘のほうに向けていた。

しかし、人は一度災難を経験しても、苦しい歳月から抜け出せるわけではない。やはり、生きていかなければならないのだ。一日三食、春夏秋冬の繰り返し、寒い日もあれば暑い日もある。誰かの家で災難があったからと言って、恩恵を受けることも変化が生じることもない。国家や民族を襲う天災や人災が起こっても、地球は相変わらず回転を続ける。春になると、伯父は畑に種をまいた。夏になると、水を引き草を抜いた。農閑期には、ネギやリンゴを売りに行った。伯父の人生の願いは、子供たちをこの世に誕生させ、そのあとは全身全霊を捧げて彼らを一人前にすること、結婚させることだった。

伯父は息子たちに、それぞれ家を新築し、きちんと嫁を迎えて独立させようとした。二人の娘には、立派な嫁入り道具を用意し、人並みの結婚をさせようとした。願望をすべてかなえることはできなかったが、伯父は努力を惜しまなかった。そのために、伯父は六十を過ぎても東奔西走した。よそで仕入れたリンゴ、バナナ、ミカンを運んできて、重さを量り、カゴに入れて売るのだ。毎年、儲けもしたし、損もした。何往復かするうちに、運よく儲けが出ることもあったが、一年のうちに一度や二度は必ず損失も出た。たとえば、湖北から車でミカンを運んできたときのことだ。別の人が四、五日前に四川から、やはりミカンを運んできて、しかも売り値がずっと安かった。伯父は値下げを繰り返し、最後は投げ売り同然で、それまでの儲けをすべて吐き出してしまった。河南東部から種なしスイカを仕入れてきたときも、ひどかった。あいにく連日の雨で、荷台いっぱいのスイカをみすみす腐らせてしまい、最後は泥状になったものを戸口の前の水たまりに捨てた。

伯父の生きるための努力は、空回りする機械のようだった。儲けたあとには必ず、大損害が待っている。損失を出したあと、伯父は借金をして元手を掻き集め、再び商売を始めた。結局は奮闘と奔走を重ね、儲けては損をすることを繰り返した。それは『シーシュポスの神話』に似ている。何度でも転がり落ちる岩を山頂に押し上げることができるか否かは重要ではない。重要なのは、シーシュポスの運命と経験なのだ。経験こそが人生のすべてである。経験そのものには、あまり意味はない。だが、経験そのものが人生なのだ。伯父はこうして、儲けと損失を繰り返した。損をしたから利益を上げなければならない。それは際限のない循環で、最後の一歩が始まりの一歩となった。別の災難がやってくると、ようやく繰り返しの日々が終わり、人生に対する歳月の空回りが終わるのだ。

隣県の霊宝へリンゴを仕入れに行ったとき、伯父の八番目の子供、いつも笑い声を絶やさない明るい少女・連雲《リエンユン》が車の事故にあった。それは伯父とその一家にとって、鉄成が私たちのもとを去って約一年後の大きな災難だった。その日、黄昏に近いころ、彼らのリンゴを運搬する車は道端に停まっていた。そこへ突然、正面から大きなトラックがやってきた。運転手は酒に酔っていて、トラックは猛スピードで伯父の車に衝突した。道端に立っていた従妹の連雲が悲鳴を上げた。それは彼女がこの世に残した最後の声であり、人生に別れを惜しむ呼びかけだった。

その後、わずか十七、八の従妹は、つらいこの世を離れ、兄・鉄成のところへ行った。

その後、伯父は二度と果物の商売をしなかった。

その後、伯父はいつも黙して語らず、一人で村はずれに立ち、息子と娘を埋葬した丘を眺めていた。伯父が何を考えているのか、人生と運命と生死についてどんな思いを抱いているのか、誰も知らなかった。

晩秋のある日、私は河南東部の開封の部隊で、家族の来訪を知らされた。私の宿舎の前で待っているという。急いで帰ってみると、伯父が疲れた様子で、木の下のコンクリートの台にすわっていた。私は駆け寄り、足を止め、驚きの声を上げた。「伯父さん」

伯父は返事をせず、ただ私のほうを向いて苦笑を浮かべた。

私は言った。「何か用事ですか?」

伯父はやはり何も言わず、仕方なさそうに私を見つめた。

慌ててドアを開け、伯父を室内に入れ、ソファーにすわらせた。田舎の習慣に従って、すぐに白湯《さゆ》を出すことはしなかった。客をもてなすときのように、お茶をいれることもしなかった。私の田舎では茶葉を生産していないので、お茶を飲む習慣がない。私はすばやく、ガスコンロで伯父に目玉焼きを作った。それを差し出すと、伯父は私を見ながら、静かな口調で言った。

「連科、おまえの従妹の連雲が死んだ。霊宝県で車の事故にあったんだ」

私は愕然とした。

頭の中で「ガーン」という音がして、私は十数平米の客間に立ち尽くし、伯父を見つめていた。なぜか突然、私は伯父の前でひざまずき、その胸に飛び込んで泣きたいと思った。実際はその場を動くことも、言葉を発することもしなかった。涙が雨のように私の顔を濡らし、部屋全体が「ウォーン」という音に包まれた。

伯父は私が何も言わず、顔を涙で濡らしているのを見て、意識的に平気な様子を装い、晴れやかな笑みを浮かべた。だが、その笑みをもってしても、彼の苦悩と動揺は隠しようがなかった。伯父は笑いながら言った。「連雲が死んで、家にいても気がふさぐから、おまえのところへきたんだ」その後、伯父は目玉焼きの器を捧げ持ったまま、食べることをせずに言った。「連雲が死んでから、もうずいぶんたった。おまえは心配しなくていい。運命だからな。あいつは若くして世を去る運命だったのさ」

しばらくして、伯父は補足した。「これでよかったのかもしれない。生きていれば苦しい目にあう。苦しみは果てしない」そこまで言うと、伯父も悲しみをこらえきれず、泣き出した。涙は私が作った黄色と白の目玉焼きの器に落ちた。軒先から間断なく滴る雨粒が、俗世間の水たまりを打つように。

伯父を泣きやませようとして、私はタオルを手渡し、関係のないことを言った。「もう夕方ですね。伯父さん、何を食べますか？」

伯父は涙を拭いて答えた。「何でもいい」

ちょうどその日、妻は子供を連れて実家に帰っていた。家には私しかいない。私は料理が下手だ。妻がいないときはいつも、カップ麺ですませていた。冷蔵庫を開けてみると、妻が事前に用意してくれたご飯があった。私は伯父のために、卵チャーハンとスープを作った。スープにはザーサイと細切り豚肉と香菜を入れた。チャーハンとスープを伯父に出したとき、私はやましさを感じた。伯父を街へ連れて行って、食事をすればよかった。しかし、もう夕方だ。私も伯父も目を泣き腫らしているので、宿舎のまわりを歩いていて誰かに理由を聞かれるのも都合が悪い。間に合わせの食事をするしかなかった。

夜になっても妻と息子は帰ってこなかったので、私と伯父は深夜まで語り合って寝た。主に伯父が話し、私はすわって聞いていた。伯父は兄弟の間のこと、私たち兄弟姉妹のこと、私の祖父の世代のことを語った。伯父が語った多くの話の核心は何だったか、いまはもう思い出せない。

しかし、伯父が流暢《りゅうちょう》に語ったことは覚えている。伯父は半生にわたって心にためてきたことをすべてさらけ出したのだ。

深夜遅く、私たちはようやく眠りについた。

翌朝、伯父は遅くまで寝ていた。伯父が目覚める前に、私は街へ行って、豆乳や揚げパンを買ってきた。ついでに上官を訪ね、一日休暇をもらった。伯父を連れて、古都開封を観光して回るつもりだった。しかし、伯父は朝食を終えたあと、急に帰ると言い出した。開封の観光は、おとしすませたという。街を歩き回るのは好きでない。今回、開封に来たのは、おまえと話をするためだ。

伯父は言った。ゆうべ、ひと晩じゅう話をして、いまは気持ちが軽くなったという。

伯父は気持ちが軽くなると、家に帰りたくなった。この二年間、これほど心がのびのびしたことはない。いても立ってもいられず、すぐにでも汽車か長距離バスに乗りたいと言った。

私は伯父を家に帰すしかなかった。

慌てて伯父に持たせる果物、衣服を買い揃えた。伯父が毎年、冬になっても暖かい靴をはいていないことを思い出し、私は軍の倉庫を管理している友人のところへ行った。責任者に伝票を書いてもらい、羊毛のついた軍用の大きな靴を購入した。さらに七、八十元の小遣いを渡し、一緒にバス乗り場まで行って切符を買い、伯父を見送った。バス乗り場で別れるとき、伯父は思いがけず、いまもなお思い出すたびに心温まる（と同時に心痛む）言葉を告げた。伯父は別れ際に、笑いながら私に言ったのだ。ゆうべ、おまえが作ってくれた卵チャーハンは、とてもうまかった。

あんなにうまい飯は、いままで食べたことがない。今度開封に来ることがあれば、ほかのものはいらないから、おまえが作る卵チャーハンをまた食べたい。

13　休息

しかし、伯父は二度と開封を訪れなかった。

二度と私が作った卵チャーハンを食べることはなかった。

二度と私たちの村を離れて、よそへ行くことはなかった。

一日また一日と月日が過ぎ、歳月が積み重なっていった。その間に、伯父の家の子供たち――私の従兄弟たちも、次々に結婚し独立した。彼らは苗木畑の苗のように、成長すると別の場所に移植された。その場所で彼らは風雨にさらされ、自分なりの喜び、悲しみ、苦しみを味わうことになる。伯父の俗世における仕事は、彼らを苗木畑で育て、成長後は彼らを秘伝の書のように、他者の手に、彼ら自身の運命の手にゆだねることなのだ。

彼らは次々に結婚し、独立した。

次々に、新しい家屋敷を手に入れた。

従兄弟たちの中で最も年下の九成《ジュウチョン》が結婚したことによって、伯父はずっと実現を願い、奮闘を続けてきた人生最大の仕事をやり遂げた。発成兄さんは、いちばん年上だったので、当然ながら両親や弟妹たちの面倒を見る責任と義務を多く担った。彼はひと言も文句を言わず、これをすべて引き受けた。まず職人の技を身につけ、さらに設計や組織のことを勉強した。いち早く村に建設隊を組織し、従兄弟たちを雇って雑用をさせた。つらく疲れる仕事だったが、生活の苦しい閻家の人たちに金を稼ぐ機会を与えた。彼らは貧しい暮らしの中で、なにがしかの生活費を得た。さらに重要なのは、伯父が人生の休息を迎えるときのことだ。彼は村の貧しい農民たちのように、六十や七十の高齢でなお生活費に頭を悩ませる必要も、田植えや収穫に追われて昼も夜も腰をかがめて働く必要もなかった。

とうとう伯父は農閑期に、暇人のように村はずれをぶらつけるようになった。冬の夜には、ストーブを囲んでテレビを見られるようになった。世間の老人と同様の安らかな日々を送れるようになった。私が出張のついでに里帰りしたとき、伯父は笑いながら言った。現在はよい暮らしをしている。子供たちは親孝行で、いつも小遣いをくれる。仕事はしていないが、食べるものにも着るものにも困らない。大雪の寒い日に、伯父はそう言った。見もしないテレビをつけたまま、手をストーブのほうに伸ばし、足には私が買ってあげた羊毛のついた軍靴をはいていた。伯父は言った。この靴はとても暖かい。これをはけば、どこへ行っても、ひと冬じゅう寒さ知らずだ。さらに伯父は笑いながら言った。食べるものにも着るものにも困らなくなったが、いまでも思い出すのはおまえが作った卵チャーハンだ。忘れることができない。

私は伯父が旅行に出かけること、大都市を回ってみることを望んだ。もちろん、私は笑いながら言った。機会があれば、妻に卵チャーハンを作らせよう。彼女は料理が上手だから。私の卵チヤーハンは、彼女に教わったものなのだ。

私は伯父と約束した。来年、春になったら、伯父はまた開封を訪れる。私は宋代の古い町を案内しよう。食事は妻が腕を振るうはずだ。しかし、翌年の春になっても、伯父はやってこなかった。

夏になっても、こなかった。

二度とやってこなかった。

伯父は半身不随になったのだ。

脳血栓のせいだった。血栓は取り除かれたが、伯父は行動が不便になった。その後、冬は毎日、家の前の日なたにすわっていた。夏は道に面したアーチ型の門の下にすわっていた。社会は大きく変わった。農民の暗黒の生活にも、光が見えてきた。私の父の世代は一生の精力を費やして、衣食住のために奮闘し、子供に家を建てた。結婚させるときには、はっきりした条件と目に見える成果が必要で、それが一人前になるための人生の資本だった。しかしいま、あれらの家は急に時代遅れになった。成長する前に枯れた木のように、畑や道端や山野にぽつんと立ち、かつては短いながらも輝かしい生命があったことを人々に訴えるのだ。没落した貴族の子弟が現代の都市で、昔の生活を懐かしむのに似ている。二十年前から、私たちの村では家を建てるとき、レンガ造りの邸宅が人気を集めるようになった。その後は、二階建てだ。いまは「家を建てる」とは言わず、「建築する」とか「築造する」とか言う。しかも、都会風の間取りや様式をまねる。農村が一歩を踏み出すとき、すでに都会では左足を下ろして右足を上げている。何歩も何十歩も前に進んでいるのだ。しかし、それでも文明に対する憧憬と情熱は、農民の心を燃え上がらせる。だから、私たちの村に、時代遅れにもかかわらず村人の目には新しいと見える家が建っているとき、伯父がかつて心血を注いで建てた、村はずれの道端にある瓦屋根の家は、歳月に埋もれ雑草に覆われた記憶のようなものとなった。しかし、伯父にとって、それは人生の区切りを示す石碑、一種の記念碑なのだった。

それは彼の運命が最も過酷であったときの道しるべ、証人である。

あの瓦屋根の家には、もう誰も住んでいない。だが、伯父は冬になるとその家の前で暖をとり、夏になると門の陰で涼をとる。伯父が一生をかけて働き家を建てたのは、老後を一緒に過ごす車椅子や杖の代わりにするためだったのかもしれない。

14　死の準備

伯父が半身不随になったという情報は、母からの長距離電話で知った。

一九九〇年代初めのある日、帰省した私は村に入ってすぐ、伯父が戸口の前の木陰にすわっているのを見た。杖が近くに置いてある。手や顔を拭くため、半身不随になってからよく出るよだれを拭くため、家族の誰かが伯父の上着にハンカチを縫いつけていた。まるで、子供が胸元につけているハンカチのようだ。独りぼっちですわっている伯父を見た瞬間、私は心が重くなり、涙を流しそうになった。私は心の中で嘆いた。「まったく――人生ってやつは！」

ところが、伯父は私を見ると、いつものように興奮し、赤らんだ顔に笑みを浮かべた。立ち上がろうとしてよろめいたので、私は駆け寄って体を支えた。私は持参した伯父への土産物を手渡した。すると突然、伯父が私に尋ねた。「北京へ転勤するんだって？」

私はうなずいた。

伯父はしばらく沈黙してから言った。北京への異動が出世のためなら仕方ないが、もしそうでなければ、さらに家から離れる必要はない。おまえの父親は世を去り、母親だけが家に残っている。おまえは家の近くに転勤して、母親の面倒をみるべきだ。そのあと、伯父は私に、母親が待っているから早く家へ帰れと言った。この里帰りのとき、私は家で卵チャーハンを作って、伯父に届けようとした。しかし、母の話によると、伯父は病気をしてから、街で売っている焼きイモが好物になったという。私の兄嫁がよく、県政府のある町から持ち帰る。皮は赤く、中身は黄金色、甘みが強くておいしい。私の従兄弟とその嫁たちは、伯父に孝心を尽くし、食べ物や衣服を買い与えている。伯父を不愉快にさせるようなことはない。脳血栓を起こしたほかの村人は、ほとんどが命を落とした。命を取りとめ、半身不随になった人もいるが、伯父ほど状況はよくない。

伯父は自力で生活ができた。どこへでも出かけて、世間話をした。母は何度も言った。伯父の家の息子と嫁、娘と娘婿はみな親孝行で、人柄がいい。でも伯父は、幸福を味わえる年齢になり、その条件を得たとたん、病気になった。部隊に戻る前に、私はもう一度伯父に会いに行った。伯父は、自分の生と死について語った。

伯父は言った。「連科、おれはもう何年も生きられない」

私は言った。「そんなはず、ありません」

伯父は言った。「死ぬことは怖くない。だいぶ前に死んだおまえの父親が、向こうでおれを待っているからな。あの世で寂しいことはないだろう。お前の従弟妹の鉄成も連雲もいる」

私は言った。「伯父さん、余計なことを考えないでください」

伯父は笑って、手元の杖を体の反対側に移動させた。まるで子供が無茶な要求をして、少し照れているかのようだった。また、そういう覚悟を平然と決めたことを誇らしく思っているようでもあった。伯父はすでに発成兄さんにも、私の二人の姉にも話をしたという。伯父の一生は何と「立派」だったことか。貧しくても家を建て、子供たちが結婚するときは、客にたっぷり食べさせ、土産まで持たせた。村の冠婚葬祭も、伯父が取り仕切ると豪勢でケチケチしなかった。誰かの家で死人が出たとき、遺族の喪服がみすぼらしいと、伯父は軽蔑した。自分が死んだときには、娘や親戚の女たちが行う儀礼や余興を普通より多くしてほしいと願っていた。

村の人が死んだとき、通常、喪に服する身内は数人から十数人で、多くても数十人だった。しかし、伯父は大家族の長老なのだから、若い者たちを動員して、服喪の行列を百人以上にしなければならない。

鳴り物は、腕のいい楽団を少なくとも二つ呼ぶ必要がある。片方が演奏に疲れたら、もう片方と交替するのだ。来客が多いときには、二つの楽団が同時に競い合って演奏する。

伯父は私に、死後の準備について、いろいろ語った。棺桶、経帷子《きょうかたびら》、喪章、紙銭、余興など、いずれも死後の儀式に必要だ。伯父は私の兄、姉、従兄弟たちに仕事を割り当てた。私がすべきことも決まっている。伯父が急逝したとき、道のりが遠くても仕事が忙しくても、必ず葬儀に駆けつけるのだ。

私は笑った。

笑いながら伯父に言った。「その日がきたら、天の果てからでも駆けつけますよ」

伯父は安心してうなずいた。一大事を解決したかのようだった。これで安らかに眠れる。しかし、その後、伯父はまた別のことを思いついて私に尋ねた。「おまえは帰ってくるだろうが、おまえの嫁さんの小莉《シャオリー》も帰ってくるか?」

私は言った。「当然、帰ってきますよ」

伯父は信じなかった。「小莉は町の人だ。帰らないと言ったら、どうする?」

私は笑った。「葬式に帰らないと言ったら、離婚します」

伯父も笑った。

その笑顔は満ち足りた、自然なものだった。まるで死後の準備がすべて整い、あとは静かに日なた、あるいは日陰にすわって死を待てばよいかのようである。人生最後の時が手順どおりに訪れるのを待つのだ。伯父にとって生と死は、目に見える時間であり物質であるらしい。動いている物体であり、まるで歩行者のように、ゆっくり伯父のほうへ向かい、一歩ずつ近づいてくる。木陰にすわっている伯父が顔を上げたとき、揺れながら体に落ちてきた黄色い木の葉に似ていた。風もないし、雨も降っていない。そこにあるのは、ぬくもりと静寂だけ。暖かい日差しに包まれ、木の葉は静けさと美しさを保っている。しかし、自分自身の形状と構造によって、空中をゆっくり旋回し、地面へと落下するのだ。その落下地点に、ちょうど伯父の体と目がある。伯父はそこで目を凝らし、黄色い木の葉の旋回と落下を見た。それは伯父の人生最後の静かな落下であり、伯父の人生で最も安らかな一瞬だった。それが落下すれば、伯父の命は尽きる。だが、落下がゆっくりなので、伯父は死を恐れず、その場で静かに落下と命の終わりを待っていた。伯父は人生の尽きることのない苦労、波瀾《はらん》、奮闘が、この最後のひととき――死と消失のためにあることを悟ったらしい。

死を前にして平然としている伯父に、私は驚きと尊敬の念を抱いた。

伯父が生と死についての理解を私に詳しく話したことはない。しかし、私は堅く信じている。伯父は死を実感したことで、生に対する認識も新たにした。伯父は字を知らない。だからこそ、インテリのように生と死を哲学の高みにまで押し上げようとしなかった。書物で聞きかじった悲しく虚無的な死生観によって、無用な苦痛や動揺を感じることもなかった。防ぎようのない老化、病気、死亡を前にして、一日じゅう狼狽《ろうばい》し、沈黙し、ため息をつくこともなかった。伯父は字を知らない農民で、他の村人たちと同様、迷信にとらわれ来世の存在を信じていた。だからこそ、生と死にこだわらず、平気でいられたのだ。来世の存在を信じていなかったとしても、人生に行き先があることを信じていたと思う。だから伯父は死に直面したとき、すぐに冷静さを保ち、落ち着いていられた。人生の行き先に至るために、風習を踏まえつつ、非凡な準備ができたのだ。

そうだ。伯父は、人生にはそれぞれ行き先があると信じていた。

だからこそ、平然としていられた。伯父が信じていたのが迷信に近い輪廻《りんね》観であったとしても、それは仏教の生と死に対する解釈であり、宗教が生者を死に導く過程であり、生命に対する基本的な尊重の姿勢である。

私は知っている。伯父は仏教、道教、キリスト教、ユダヤ教、イスラム教を理解していなかった。だが、字を知らず、農村に生まれてすぐ「迷信」になじんできたことによって、宗教の死生観を身につけた。来世と現世、死後の行き先を信じ、死に臨んでも冷静な人間になった。死に直面して平然としていられるのは、二種類の人たちだ。ひとつは本物のインテリたちである。生と死の関係を整理し、哲学的に高度な見解を打ち出す。そうなれば、死は恐ろしくない。なぜなら、彼らの死は哲学の誕生と証明になり、生の継続と延長になるからだ。もうひとつは、伯父のような字を知らない人たちである。これらの農民は人生の行き先の存在を信じているので、死が新たな始まりでないとしても、ある環境から別の環境への転移であることを比較的簡単に理解する。一方、死に臨んで最も苦しむのは、まさに私のような人間だ。字を知っているし、本も読んだ。しかし、読んだ本は多くないし、思考力も劣っている。だから、死を学問的な理論にまでは高められない。死は生命の転移である、人生にはそれぞれ自分の行き先があると簡単に信じることもできない。

最終的に死と向き合うとき、私たちは無数の虚無主義者の一員になる。自分が少し字を知っていて、少し本を読んだことがあるがゆえに、いわゆる死生観を少し理解しているがゆえに、私たちは苦しんだり享楽にふけったりする。死に直面することがなければ、伯父のように平静でいられる。長い間、幼年時から中年に至るまで、私は死を恐れてきた。死を考えるたび、身震いをし、ひそかに涙を流し、あらゆることに興味を感じなくなった。しかし、伯父と話をしてからは、死に対して少し冷静になった。私は死後の魂の存在を信じないが、伯父は私にわからせてくれた。生前に少しでも死後の準備ができれば、死に対する恐怖は軽減できるのだ。

15　死に臨んで

伯父は二〇〇六年の陰暦正月二十六日に世を去った。

伯父は病気になり、死の準備を始めてから、ちょうど十年生きたことになる。七十二歳から八十二歳までの間、伯父は死と語り合い、平和な暮らしを送った。八十二歳と言えば、私たち兄弟の記憶によると、一族の中で比較的長生きの部類に入る。しかし、伯父の運命からするなら、もう少し長く生きてもよかっただろう。なぜなら、伯父はおだやかに死と向き合うことができたのだから。私の観察によると、百歳まで生きた老人には、生理面および医療面での条件のほかに、重大な理由があった。死と友だちになったことである。死を恐れず、死を敵と見なして奮闘する人は、最終的に力を使い果たし命を縮めてしまう。逆に死を恐れる人は、戦うことで命を縮めることはないが、恐怖心が突然の死の到来を招いてしまう。だが、死を友だち、同僚、身内と思う人は、死と平和的に共存できる。同じ部屋で、同じ言葉で語り合い、朝起きて夜寝るまで楽しく暮らせる。死を生命の幕僚、運命の最後の近親者と見なしている。命が尽きようとするとき、彼らは支障なく死と共存しているので、死は訪れるべき期日を忘れてしまう。だから、より長生きができるのだ。

伯父は家族の中で、いちばん安らかに死と向き合った人だと思う。あんなに早く、冷静に自分の死の準備ができたのは、生まれてから三分の二の苦難の人生を頑張って生き抜き、残りの三分の一では親孝行な子供たちの恩返しを受けたからだ。苦しい生活の中でも満足を得て、死は生命が別の行き先へと旅立ち、転移することだと信じていた。死は農閑期に市に出かけるようなもの、農民の人生の晩年に衣食が足りること、大勢の子供に囲まれることである。つまり、一年のうちの農閑期そのものに他ならない。死が農閑期に市へ行くこと、あるいは隣村の親戚を訪ねることであるなら、急ぐ必要も慌てる必要もない。

どこかで、こんな話を読んだことがある。死とはあなたに旅立ちを告げる悲しくも華麗な通知書である。通知書が届いたら、それを急いで開封する必要はない。通知書の文面や期日を急いで読む必要もない。通知が届いたことを知っているだけで十分である。通知書は枕元かテーブルの隅に置いておけばいい。書架に並んでいる本のどれか一冊に挟んでもいいし、派手で田舎臭い農家のカレンダーのうしろに差し込んでおいてもいい。用事があれば片付け、雨が降れば傘をさし、暑ければうちわを使う。すべて、もとの生活のまま。通知書が届いたことによる変化は何もない。いずれにせよ、覚えておくべきことがある。通知書の期日が近づいたとき、あなたがその期日を忘れてしまったら、通知書は意味を失う。死が再び通知書を送ってくることはないかもしれない。

その後、死は直接あなたのもとを訪れるだろう。

死が目の前にやってきたとき、あなたは慌てる必要も急ぐ必要もない。取り乱して、招かれざる客に対するように、罵声を浴びせてはいけない。死を部屋に招じ入れ、テーブルのわき、ベッドの枕元へと案内するのだ。礼を尽くして穏やかに接し、お茶を飲みながら落ち着いて世間話をする。語り合ううちに、あなたを迎えにきた死は、自分の使命と旅立ちの期日を忘れてしまうかもしれない。

こうして、あなたは長寿を得ることができる。死のポケットの中から、数日、数か月、数年、あるいは十数年、数十年の美しい生命を取り戻すのだ。

伯父の人生の歩み、最後の十年から見て、伯父が死と共存する秘訣を理解していたとは思えない。しかし、伯父は無意識のうちに証明した。伯父は死と穏やかに向き合ったからこそ、病気がちでも長生きできたのだ。ただ、伯父はそのことを曖昧にし、しっかり記憶に留めなかった。それで八十二歳のとき、死の存在を忘れてしまった。朝から晩まで、死が影のように寄り添ってきたことを忘れた。一緒にいる時間が長くなったせいで、伯父は死の存在をおろそかにした。そして最後は、死がゆっくりと目を覚まし、自分の使命と期日を思い出し、あっという間に伯父を連れ去った。

16　行き先

伯父は冬に火鉢で暖をとっていて、立ち上がり薪を足そうとしたときに倒れ、そのまま死んでしまった。あの日、伯父が暖をとっていなければ、自分が病人だということを自覚して薪を足す動作を慎重にしていたら、火鉢のそばで倒れることはなかっただろう。伯父は自分がこの十年、身の回りの始末ができるとは言え、半身不随だったことを忘れていた。伯父が倒れたことで、死の記憶がよみがえり、伯父はこの世を去った。伯父は一族の兄弟たちに別れを告げた。

伯父は倒れたあと、病院へ運ばれるまでのわずか一キロほどの道のりの途中で、あの世へと旅立った。

伯父の死後、子供たちは完全に伯父が望んだとおりに、葬儀を執り行った。最高に腕のいい楽団を二つ呼び、買ってきた紙銭を燃やし、余興を演じた。供え物は祭壇に置ききれず、通路の両側にまであふれていた。伯父の子供たちに対する心残りを取り除くために、葬儀と同時に鉄成の「冥婚」（死後の結婚）の儀式が催された。鉄成とその嫁の遺骨は、伯父と一緒に祖先の墓に入った。

私は伯父の死の翌日に帰省した。月が冴え、冬の寒さが厳しかった。村は静かで、広大だ。伯父の祭壇の明かりが、静かな夜に暗い人生の一角を照らしている。帰省中の二晩を私は伯父に付き添って過ごした。人が寝静まったあと、私は燃え尽きそうな線香を継ぎ足そうとして、伯父に近づいた。そのとき、以下のような伯父の声が聞こえた。

「自分を疲れさせるような生き方をしちゃいかん」

「北京は果てしない大都会で、ここから遠く離れている。つらいことがあったら、いつでも帰ってこい。自分が黄土に生まれた農民だということを決して忘れるな」

「若いうちは生活を大事にしなさい。年とって、病気や孤独に見舞われたら、死と仲良く付き合うことだ。死がいつも影のように寄り添っていることを忘れるな。だが、死が一緒にいることをつねに意識する必要はない」

伯父が死んで三日目、私たち兄弟姉妹と従兄弟たち二十数人、さらに一族の親戚たちを合わせると百二十人以上が、白い服に身を包んで隊列を作った。そして楽団のにぎやかな演奏の中、伯父を数キロ先の山の墓地まで送って行った。最後まで残った私たち兄弟は、伯父を埋葬してから、私の父の墓と並んでいる真新しい墓の前で、花輪と紙銭に火をつけた。炎が消えたあとも、灰が静寂の中を舞い飛んでいる。私は伯父に言った。「静かに待っていてください。私たち兄弟が人生をまっとうしたあと、いつの日かここへ来るまで」

第四章　私の叔父

1 「暮らし」と「生活」

叔父は、昨年の国慶節に世を去った。叔父がこの日を意図して選んだのか、たまたまだったのかはわからない。叔父は私たちに別れを告げたとき、まだ満七十歳になっていなかった。さほど高齢ではないが、若すぎるとも言えない。私は叔父の一生を思うとき、生命や生存ということはあまり考えない。あれこれ考えるのは、この社会での生活と幸福である。

私は叔父の一生を借りて、生活とは何か、幸福とは何かを考えてみたい。

都会の人は日々の「暮らし」を「生活」と呼ぶ。田舎の人は「生活」を「暮らし」と呼ぶ。これは同じ人生の状態に対する別の呼び方のようだが、本質的に違う。天と地の差がある。「暮らし」とは、「一日一日が同じように過ぎていく」という意味であり、単調で、味気ない。やむを得ず、生命を消費することだ。人の力で変えることはできない。しかし、「生活」と言えば、豊かで、色彩があり、人間的な感じがする。幅の広い道路があり、明るい街灯がついている。一生行かないとしても、公園や図書館やプールがある。その公園が美しいか荒れ果てているかは別にして、生活の中に厳然として存在する。生活は変えられるもののようだ。無理な場合が多いとは言え、人間の意志で変化させることができる。だが、暮らしは頑迷で、永久に変わらない。例外も多いとは言え、歴代の先祖がみな同じようにしてきた。生活する者にとってみれば、暮らしは貧しく愚かだ。暮らしを送る者にとってみれば、生活はあこがれの未来である。暮らしは広大な山野に打ち捨てられた、融通のきかない岩石だ。生活は人の手によって育てられ、四季おりおりに変化を見せる草花や樹木である。暮らしが一本の草だとしたら、生活は一輪の花だ。暮らしが一本の木だとしたら、生活は市街地の一年じゅう緑の絶えない公園である。当然、草花や公園も容易に損傷を受け、打ち捨てられてしまう。しかし、荒野の岩石や樹木は、頑丈で抵抗力がある。だからこそ、私たちは「生活」と向き合うとき、いつも慎重で、大切にしようとする。しかし、「暮らし」と向き合うときは、荒っぽく大鉈を振るい、やりたい放題だ。生活が社会の生んだ実の子供だとすれば、暮らしは継母の子供であり、下品で節度を知らない。生活が両親に愛され、いつも美しく着飾っている娘だとすれば、暮らしは両親に頼りにされて出稼ぎに行く息子であり、誠実で分をわきまえている。

暮らしが生活を生み出したと言うことはできない。しかし、これだけは言える。両親がマントウをひとつしか持っていない場合、生活という娘と暮らしという息子を前にして、半分ずつ分け与えることはしないだろう。片方を多め、片方を少なめにする。あるいは、三分の二と三分の一、四分の三と四分の一にして、多いほうを生活に、少ないほうを暮らしに与える。リンゴが一個しかないときは、習慣的に、考えるまでもなく生活に与えてしまう。暮らしは口がからからに乾き、堪えられなくなっても、水をひと口もらえるだけだ。

　このように育てられ、このように成長し、同じ日月の下でも、同じ光を受けられず、同じ風雨にさらされることがない。当然、生活は暮らしにとっての幸福となり、暮らしは生活にとって、嫌悪と唾棄《だき》の対象となる。したがって、生活は軽やかで楽しく、明るく希望に満ちている。一方、暮らしは重苦しく、終わりのない無意味な繰り返し、やむを得ない退屈な選択となるのだ。

2　一枚のシャツ

　生活と暮らしの違いを最初に感じさせてくれたのは叔父だった。

　叔父は河南省新郷《シンシアン》の潞王墳《ルーワンフェン》セメント工場の労働者だった。幼いころの記憶によれば、叔父は毎年、新郷から汽車に乗ったあと、バスに乗り換えて里帰りした。私はそのたびに、あこがれを抱いた。セメントを生産する工場がどれくらいの大きさなのか、叔父がその工場で何をしているのか、人に使われているのか人を使っているのかはどうでもいい。毎年一回、ときには二回、里帰りするたび、私は叔父の乗る汽車とバスにあこがれた。叔父の制服、粗布ではなく機械織りの綿布で作った上着とズボンが羨ましかった。さらに言えば、叔父のはいている革靴とナイロンの靴下、夏に帰ってきたときにかぶっていた日よけ帽、冬に帰ってきたときにはめていた白い手袋もある。叔父の暮らしが生活というものだと私は堅く信じていた。私たちが過ごしているのは、文字どおり暮らしでしかない。私は十二、三歳のとき、初めて姉の枕元にあった小説『西遊記』を盗み読みした。二冊目は名前を忘れたが、都会での愛情を描いた外国小説だった。そのおそらくはイギリスの小説の中で、私は「生活」という言葉を知った。「生活」と「暮らし」の違いにも、うすうす気づいた。「暮らし」は目の前にある。すべてが見えるし、感触を確かめられる。私が生まれてから毎日、経験しているものだ。しかし、「生活」の幸福と神秘は、私が存在だけ知っていて入手できない書物のようだった。

叔父は私が手に取ってみたいその本の一ページ目だ。

私があこがれる幸福な生活の本の一ページ目だ。

私は多くの農村の子供のように、叔父に尋ねた。

「汽車は大きい?」

「汽車は長い?」

「どれぐらいの人が乗れるの?」

「汽車がガタゴトいう音は大きいから、山の向こう側を走っていても、ここまで聞こえるのかな?」

汽車について、村の外の別世界について、私が最初に知ったことはみな、叔父から聞いた情報だった。叔父は私に教えてくれた。都会の道路は、すべて舗装されている。都会の夜は、人通りのあるなしにかかわらず、ずっと街灯がともっている。東の空が白んでくるころ、ようやく街灯は消える。電球の大小は、ワット数で表す。いちばん小さい電球は十五ワットだ。十五ワットの電球がともると、石油ランプをひと部屋に百個つけたように明るい。

私は都会の様子を知った気がした。

生活と暮らしの違いをもう理解したつもりだった。

叔父の生活は幸福だったと思う。だが、私たちの暮らしは幸福だとしても、叔父の生活とは比べものにならない。私は叔父の幸福な生活の一部をもらって、私たちの不幸な暮らしを埋め合わせたい。河の水を引いてきて、干からびた田畑をうるおすように。私は日々の暮らしの中で渇望を抱きながら成長し、小学生から中学生になった。その年の夏、待ち焦がれた叔父が里帰りした。帰宅した叔父は、白地に青い縞模様の入ったシャツを着ていた。そのシャツの生地は手織り木綿ではなく、機械織りの綿布でもなく、光沢のある化学繊維「ダクロン」だった。村人たちは叔父のシャツを引っぱって、「この生地は何だ?」と尋ねた。叔父は「ダクロンさ」と答えた。村人たちは納得した。これが噂に聞くだけで目にする機会のなかった、都会で流行している新製品なのだ。そこでみな叔父を取り囲み、そのシャツを取り囲んで、あれこれ語り合った。都会へのあこがれと田舎に対する嫌悪感を表明したのである。

私は離れて立っていたが、そのシャツがただのシャツではなく、幸福な生活のひとつであることを理解した。

私はその幸福な生活を手に入れたかった。

村人たちが立ち去り、叔父が家の中に入ろうとしたとき、私は背後から思いきって声をかけた。

とんでもないことを口にしたのだ。「叔父さん——そのシャツをぼくにちょうだい」

叔父はこの言葉に驚いた。呆然と立ち尽くし、私にシャツを譲るかどうか、考えている様子だった。そのとき、私は頭を働かせたのか、それとも本能的だったのか、顔を赤くしながら、さらに付け加えた。「ぼくに着させてよ。クラスの学習委員になったから」

叔父は何も言わず、躊躇する様子もまったく見せず、新しいシャツを脱いで畳み、古新聞に包んで私に手渡した。さらに、大きな手で私の頭をなでた。伯父が飴をくれたあと、私の頭をなでたのと同じだった。これで、シャツは私のものになった。あの飴、あのシャツのおかげで、私はいまも頭をなでてくれた伯父と叔父の温かい真心を感じることができる。まるで永遠に沈むことのない太陽が、私の頭、体、心を照らし出しているかのようだった。

その日の午後、私は待ちきれずに、叔父からもらった「ダクロン」の縞模様のシャツを着て、学校へ行った。そのシャツの柄は目立って美しいわけでもない。しかし、質素かと言えば、色合いが鮮やかで、デザインも新しく、胸の前には銀白色の小さいボタンが六つついていた。私たちの村で見かけるシャツはみな、ボタンが五つである。しかも、ほとんどが布ボタンだった。六つのボタンはピカピカ光っていて、透明なガラスか月の光で作ったかのようだ。とがった高い襟はピンと立ち、私の首を支えている。その結果、私の腰までが影響を受け、まっすぐ伸びて偉そうだ。私はまるで、将軍か皇帝の息子のようだった。

中学校の古めかしい校門を入るとき、私は恥ずかしさと誇らしさを両方感じた。予想したとおり、学校の門を入ってブドウ棚を抜けると、同級生たちの視線は一斉に私の体に集中した。その日、シャツに合わせて身につけたのは、母に買ってもらった新しい真っ赤なビニールサンダルである。それをはいた私は、体じゅうに先生や生徒の視線を感じ、かつて味わったことのない「人生の幸福」に包まれている気がした。

とにかく、学校にはまれに都市戸籍で、両親が国から給料を得ている女子生徒がいたのを除けば、男子生徒はまだ誰も「ダクロン」を着る身分ではなかった。とにかく、私は学校の数百人の生徒の中で、最初にそれを着た男子生徒だった。とにかく、あの時代、学校の田舎の子供の中で、私は最初に人生の幸福を味わった。初めて孔雀を目にした人が、同時に初めて孔雀の羽を手に入れたようなものだ。

その日、私に出会った国語の張《チャン》先生は、シャツを触りながら、笑って言った。「この生地は光沢があるね。しっかり勉強すれば、こういう服を着られるようになるよ」

数学の女性教師も張という姓で、うちの近所に住んでいた。彼女は授業中、私が「幸福」を身につけていることに気づいていない様子だった。しかし、授業が終わり、宿題を出したあと、教壇から下りてきた。私の前まで来て腰をかがめ、シャツの襟を引っぱって観察したが、よいとも悪いとも言わない。ただ、厳かにこう言った。「頑張ってね。あなたの数学の成績はクラスの上位から落ちてしまったから」

その年の夏、私は毎日、叔父からもらった「ダクロン」を着て学校へ行った。汚れた場合は、必ず日曜日に洗濯した。

その夏、叔父が休暇を終えて帰るとき、私は学校へ行っていて、見送りができなかった。夕方になって学校から帰宅すると、母は叔父がセメント工場へ戻ったことを私に告げた。叔父は帰りがけに、自分の「パタパタ」のズボンを脱ぎ、きれいに洗濯し折り畳んで私に残して行ったらしい。「パタパタ」というのは、当時日本から中国へ輸入された尿素肥料を入れた化学繊維の袋のことである。素材は柔らかくて丈夫で、肥料を使い終わったあと、二枚で一枚のシャツ、もしくは一本のズボンができる。その生地はシルクのように柔らかく、風を受けると「パタパタ」音がするので、河南省西部の農村では「パタパタ」と呼んでいた。一九七〇年代、中国の都市と農村では、そのような「パタパタ」の衣服が流行した。日本の尿素肥料の袋が、中国の布地不足を大いに解消したのである。しかし、残念ながら数年後、日本人は中国人が「パタパタ」で服を作っていることに気づき、尿素肥料の袋を今日我々がよく目にする「蛇の皮」のような、ざらざらした素材に替えてしまった。

さらにその後、日本人は中国人が「蛇の皮」のような化学繊維で服は作れないが、麻袋の代用品として生活に役立てていることを知った。そこでまた、「蛇の皮」のような素材をガラス繊維に替えた。ガラス繊維はその名のとおり、ガラスを使っているので、体がチクチクする。その袋を見ただけで、後ずさりしたくなる。あの時代、日本は中国人の暮らしを援助しようという度量に欠けていたのかもしれない。しかし、当時は尿素肥料の袋が流行となり、幸福な生活として人々の記憶に残った。宣伝広告のような、象徴的存在だったのだ。

叔父は「パタパタ」のズボンを私に残して行った。きれいに洗濯され、きちんと畳まれ、古新聞に包んであった。私はその包みを母から手渡された。開けてみると、ズボンは折り畳まれた国旗のようで、少し温かく、重々しかった。叔父に対する感謝の気持ちも、国旗に対するように厳粛だった。

その瞬間、私の脳裏に贅沢な考えが浮かんだ。一生のうちに、叔父のような都会の労働者になりたい。私が属している農村での暮らしを生活に変えたい。それは何と美しく、幸福な一生であることか。

3 静かな夜

語らなければならないことがある。

叔父も家を新築することになった。伯父のところと同じ瓦屋根の家である。ひとつの理由は、叔父の二人の息子――私の従弟に当たる長科《チャンコー》と建科《ジエンコー》が成長したから。もうひとつの理由は、叔父が他郷で給料を得ているからだ。私たちのような農民より、経済的に豊かなのだった。毎月の給料がいくらなのかは知らないが、いずれにせよ、月末になれば必ず収入がある。

定期収入があるので、叔父は伯父のように連日、河向こうから石を運んで現金に替える必要がなかった。ただ、家を建てると決めただけだ。そのためには、いろいろと苦労があったのかもしれないが、叔父の一家にしかわからない。当時、私の目からすれば、やはり叔父はほかの人より簡単に家を建てたように見えた。その時代のやり方は、いまと違う。いまは金さえ払えば、すべての作業を請け負ってもらえる。任せておけば、成果は自然に出るのだ。だが当時は、家の新築や冠婚葬祭に当たって、節約の原則を守らなければならなかった。費用を切り詰めるため、壁は土レンガで築いた。そのためには、遠くの荒野から土を運んでこなければならない。農村の社会制度は、社会主義の人民公社制だった。人民公社の下に生産大隊、さらに生産隊がある。毎日、死に物狂いで働いて、うまくすれば一角と数分の稼ぎになる。下手をすれば、一日十時間働いても、八分しかもらえない。それでも、この一角と数分が惜しくて、農民はみな一日にしろ半日にしろ、仕事を休もうとしなかった。村人には必ず大きな課題がある。家の改築や新築だ。お互いに手を貸し合って、そうした課題を乗り越えるしかない。陽光がないときでも、月明かりはある。月が出ていないときでも、星の輝きがある。だから、共同作業は月明かりの夜に行われる。

家を建てるため、叔父は半月の間、新郷から戻った。昼間は建築に関する雑務をこなし、夜は村人たちを動員して、荒野から粘り気のある土を運んだ。他人に手伝いを頼むからには、自分も力を惜しまず、勤勉に働かなければならない。他人よりも多く汗を流し、疲れも忘れなければならない。日夜働いて、一週間がたったとき、叔父は疲れきって、へたり込んだ。星と月が輝く夜に、私は叔父と一緒に山のふもとの荒れ地で、土を掘っていた。何度も往復している荷車に土を大量に積み、荷車が遠ざかるのを見送ったあと、叔父と私はぐったりして、星空の下の荒れ地にすわり込んだのだ。荒れ地に樹影が揺れ、雲が移動して行く。秋の涼しい風が吹いてきた。コオロギの鳴き声が、草地や畑から聞こえてくる。夜は一篇の詩のようだ。詩のように静かな田舎の夜、私は疲れ果てた叔父に、若気の至りで言うべきでないことを言ってしまった。

「生きていても、何も面白いことはないね」

叔父はびっくりして顔を上げ、私を見つめた。

私は続けた。「毎日、働いて、家を建てて、飯を食って。一年じゅう、苦労ばっかり。うまいものが食えるのは、正月だけだ」

叔父は私の顔を見ながら言った。「おまえは、どうしたいんだ？」

私は言った。「勉強も、野良仕事もしたくない。叔父さんみたいな労働者になりたい」そこで少し間を置いて、さらに付け加えた。「この村から出られさえすればいい」

叔父はすぐに返事をしなかった。目の前の村、家屋、樹木、星の輝き、月の光などを眺めていた。まるで本を数ページ読んで、その中から答えを見つけ出したかのように、叔父は振り向いて、さりげなく、しかも意味深長に言った。「連科《リエンコー》、両親を大切にするんだぞ。両親がおまえたちに勉強させるのは、容易なことじゃない。人間が決して忘れてならないのは親の恩だ。恩を忘れたら、生きている意味がない」言い終わると、叔父はまた鍬を手にして、荒れ地の土を掘り始めた。

しかし何度か掘ると、お互いの会話がかみ合っていないことに気づいたらしい。叔父は突然、振り上げた鍬を月明かりの空中で止め、私のほうを向いて言った。「どこへ行っても、うまい飯ばかりは食えない。家を出たいなら、高校を卒業してから、叔父さんのところへ来い」

それは、私が中学生のときだった。叔父が私に語った重々しい言葉は、ありきたりで、新鮮味がなかった。含蓄があるとも思えなかった。人生に直接役立ちそうもない。だが、「どこへ行っても、うまい飯ばかりは食えない」という言葉は、いま叔父のことを思い返してみると、胸が痛む。私は忘れることができない。叔父の生活は「暮らし」ではなく、叔父は「幸福」の中で生活していたという私の判断は、何と幼稚でバカげていたことか。子供が流れ星を見たあと、自分は星を発見したと勝手に言いふらすようなものだ。

二年後、叔父は合わせて七百日あまりの準備期間を経て、私が高校二年のときに、ようやく新しい家を完成させた。そのころ、私の家の暮らし向きは思わしくなかった。叔父が家を建てたのを機会に、両親は私が叔父と一緒に新郷の潞王墳セメント工場へ行き、臨時工になることを許した。私は叔父の生活と私が思っていた幸福、そして苦難を目にすることになった。

4　ある出来事

叔父はセメント工場の材料運搬部門の班長だった。各部門は一日三班制をとっており、八時間ごとに交替する。各班の仕事は、材料の運搬、粉砕、機械の修理など、いくつかのグループに分かれていた。叔父は一日三班のうちのひとつの班長だった。私は最初、この班長は農村の生産隊長のようなものだと思っていた。仕事を人々に分け与え、自分は見張っていればいい。汗水たらして働くことなく、じっとしていても成果が得られるのだろう。ところが、実際は違った。叔父は各種の雑用を処理するほか、誰かが休んで手が足りないときには、自ら現場へ行って代わりをつとめなければならなかった。各班の数十人の労働者は、毎年一か月の休暇がもらえる。そのため毎月、二人か三人の労働者が休んだ。こうして、叔父は万能のネジ釘のように、職場のあちらこちらで役割を果たした。

叔父は誰かの休暇を許可して人手が足りなくなると、残業までして二人分の仕事をこなした。それは農作業と同じように体力のいる仕事だったが、叔父はすべてやり終えた。私は叔父に言ったことがある。班長は仕事が忙しいし、疲れるんだから、わざわざ引き受けなくてもいいんじゃないの？ 叔父は言った。毎日、三角の手当がもらえるんだぞ。田舎の野良仕事では、一日せいぜい一角ほどしか稼げないだろう？

そういうわけだったのだ。

私は何かを理解したように思った。

あるとき、叔父の班はすでに二人が休暇をとっているうえ、さらに機械修理担当の労働者が母親の病気を理由に帰宅したいと言い出した。叔父は内緒で、その労働者に半日の休暇を与えた。こうして、叔父は班長として、各職場で融通のきくネジ釘として、仕事の穴を埋めなければならなかった。連続して二十日、毎日こちらで数時間、あちらで数時間働き、仕事が終わると、顔も洗わずベッドに倒れ込んだ。しかも、材料運搬部門の機械はよく故障する。機械が壊れたままで、次の班に仕事を引き継ぐことはできない。次の班の労働者は、前の班の残した修理の仕事を敢えてやろうとはしないだろう。機械修理担当の労働者を休ませたのも叔父なのだ。だから、話は簡単明瞭である。修理の仕事は叔父が残業して片付けるしかない。月末の日曜日、私は宿舎で叔父が食事に帰ってくるのを待っていた。一時間あまり待ったが、帰る気配はない。そこで、職場へ探しに行くことにした。セメント工場は塵埃《じんあい》の汚染が激しい。広大な工場の中庭は、一面厚い灰と塵に覆われていた。男子工員はそうでもないが、女子工員は一日じゅう白いマスクをつけている。セメント工場の中で出会う相手はみな、人間とは思えなかった。誰もが黒っぽい厚手の制服を着て、頭には耳当てのついた帽子をかぶり、顔には大きなガーゼのマスクをつけている。白いマスクは、鼻の下と口の前の部分だけが呼吸のせいで黄ばんでいた。毎日ゴーゴーと鳴り響く工場の機械の音は、冬眠中の虫を驚かせる春雷のようだ。私はこの雷のような音や顔を隠している労働者の間を抜けて、工場裏の山に面している材料運搬部門へ叔父を探しに行った。叔父は破砕機の下にいたが、機械の上では四人の労働者がトランプをしていた。叔父は一人で、油まみれの機械の下にもぐって、修理作業をしている。

私は労働者たちをチラッと見てから、家の天井ほどの高さがある機械の下に入った。

叔父は振り向いた。「班が違うからな。この機械は、おれたちの班が故障させたんだ」

「あの人たちは、どうして手伝わないの？」私は尋ねた。

私は叔父の手伝いをしながら言った。「同じ班の人たちは？」

叔父は笑った。「休んだ工員のせいで、全員が迷惑をかけられた。誰もその尻拭いをしようとはしないさ」そう言うと、叔父はもう口を閉ざした。私は看護師が外科医に手術道具を差し出すように、ハンマーやペンチを叔父に手渡した。叔父は巨大な破砕機の空洞部分にもぐり込み、私は機械の台座の上に立っていた。私たち二人は油まみれになり、トランプ遊びに興じる労働者の笑い声の中で、三時間半、作業を続けた。ようやく機械が正常に動き出し、次の班に仕事を引き継ぐことが可能になった。

そのときの修理で叔父は手の甲にケガをして、血がたくさん出た。機械の下から出たあと、叔父は医務室へ行った。医者は叔父の手の甲を何針か縫った。月末、抜糸した叔父は会計室へ行き、給料を受け取った。その月の叔父の給料は、半分以上が差し引かれていた。理由を尋ねると、機械の故障によって、次の班の仕事に三時間半の影響が出たからだという。給料の半額を差し引いても、損失は埋められないらしい。

叔父は苦笑して言った。「どうしても差し引くのか?」

給与担当の責任者は、会計室の壁に貼ってある赤い紙の標語に目を向けた。宋朝体の標語の文言は、「革命に力を入れ、生産を促進しよう」だった。そのあと、彼はあごで叔父を指し示し、重々しく言った。「おまえは生産に影響を与えただけでなく、革命にも影響を与えた。給料を差し引くだけで、反省文の提出を求めないのは、処分を軽くしてやったからだぞ」

その日、叔父は給料を受け取ったら、私を連れて新郷の公園と商店街へ遊びに行く予定だった。しかし、給料がカットされたので、私たちは行くのを取りやめた。宿舎に帰ると、休暇をもらって病気の母を見舞いに帰った工員が、入口で叔父を待っていた。彼は叔父の給料がカットされたことを知り、自分の給料の半分を封筒に入れて持参し、どうしても叔父の部屋に置いて行こうとした。

叔父は尋ねた。「お母さんの病気はよくなったのか?」

その二十九歳の工員は言った。「まだ、入院しています」

叔父は決然と、封筒を押し返した。二人は部屋の中で長い間、譲り合いを繰り返した。叔父は突然、怒りの声を上げた。「おれがこの半月分の給料のために、おまえの仕事を肩代わりしたと思うのか？　おまえは優秀な工員ではないが、母親を大切にする孝行息子だ。母親が病気だと聞いて涙を流したから、こっそり休暇をやったのさ」

叔父の声は大きく、まるで怒鳴っているようだった。その若い工員は驚いて、封筒を持つ手を空中で静止させた。

工員が動きを止めたのを見て。叔父は声を抑えて言った。「帰りなさい。この金は入院中のお母さんに送ってあげるんだな」

問題はこうして決着した。その工員が金を持って帰ったあと、叔父も自宅あてに月末の送金をしなければならなかった。毎月、いくら送金し、いくら使い、いくら貯金するかは、きちんと決まっている。いつもと同じ金額を送るために、叔父はその月、ほかの労働者から借金をした。

この出来事を見て、私は叔父の人となりを知った。もともと叔父に対する印象は、曖昧な部分と明確な部分があった。曖昧な部分というのは、私が父や伯父や父の従弟のように熟知していないという点である。私が物心ついたとき、叔父はもう「よそで働く人」になっていて、里帰りしなければ会えなかった。明確な部分というのは、叔父が帰省するとき、いつもきれいな服を着て、田舎にはない製品や食品を持ってきたことに由来する。私は自分たちが田舎の「暮らし」を送り、叔父が都会の「生活」を送っていることを確信していた。

さらに私は、叔父は「幸福な生活」を過ごしていると確信していた。

しかしいま、叔父の身近にいて理解を深めた私は、そのように単純な見方を改めた。曖昧だったものは曖昧でなくなり、明確だったものは明確でなくなった。暮らしと生活、苦難と幸福は、天空の星が位置を変えるように、逆転するものなのだ。

5　はぐれ者

叔父は酒が好きだった。本当に幸福を感じるのは、一日あるいは一週間の仕事を終え、食堂の料理を弁当箱に詰めて帰宅し、机に並べたときだ。戸棚から飲みかけの焼酎を取り出し、うがい用のコップに注ぐ。料理を食べつつ、コップの酒を飲めば、最高の気分になれる。叔父は目を閉じて、コップを唇に当てた。少し上を向き、コップを慎重に傾け、息を吸って酒を口に含む。それからコップを置き、どこか一点を見つめながら呼吸を止めて酒を味わい、同時に人生の苦悩も味わうのだ。息を止めていられなくなったとき、ようやく酒が喉を通り、腹に納まる。それから、もう一度ゆっくり息を吸い込み、吐き出すのだった。このとき、叔父は全身の力が抜ける。あらゆる悩みも消えてしまったかのようだ。人生の真の幸福は、酒を飲むことによってしか得られない。

酒は度数が強く、安いものに限る。これが叔父の酒に関する原則だった。ふだん、叔父の酒の相手はみな、一緒に工場に入った熟練工たちだ。月日がたつにつれて、彼らが叔父と同じ身の上であることに気づいた。農村の出身で、家族が田舎で畑を守っている、俗に言う「はぐれ者」なのである。彼らは農村に戻れば、「よそで働く人」と見なされた。しかし、その「よそ」、つまり都市や都市近郊へやってくると、彼らは都会の人や同じ工場の労働者から「農村の人」と呼ばれる。先祖代々都市の生まれとまでは言わなくても、夫婦揃って都会で給料をもらわなければ、「労働者」「幹部」「都会の人」とは呼ばれない。妻が農村で畑を守り、夫がよそで働いている「はぐれ者」という言い方は、単に身分、地位、境遇だけでなく、定められた人生そのものを示していた。「はぐれ者」は工場でも都会でも軽蔑を受けた。なぜなら、都会に出るために身分を捨てようとして、捨てきれていないからだ。都会で幸福を手に入れようとして、それを果たしていないからだ。身分がどっちつかずなので、工場では小銭を稼ぐために汚い仕事、疲れる仕事を引き受けている。小利に目がくらんでメンツを捨てていることを嘲笑される。農繁期になると、ほかの労働者のように時間を守って出退勤を続けるのがつらくなる。田舎にいる妻子や年老いた両親のことが、いつも気にかかる。麦の刈り取り、畑の鋤き起こし、種まきが心配でならない。本当の都会の人は、宿舎のドアのうしろや室内の壁にカレンダーを掛け、日曜や祭日を確認して、週末の計画を立てる。しかし、「はぐれ者」は派手なカレンダーを掛けたりしない。机の上に分厚い暦を置く。一枚一枚に唐宋の詩句が印刷されているものだ。その暦の最大の用途は、今日は「芒種《ぼうしゅ》」、明日は「春分」、あさっては「夏至」などと知らせることにある。農繁期には何とかして、田舎に帰らなければならない。さもないと、妻や両親が電報や手紙をよこすだろう。何度も配達人に名前を呼ばれて、ドアを開けることになる。

「はぐれ者」の毎日は「暮らし」でもなければ、「生活」でもない。暮らしの中に含まれる数々の苦悩があると同時に、生活の中で感じる幸福も多少ある。今日では、「はぐれ者」と言うと、時代遅れの死語と思われたり、研究対象となる方言の語彙《ごい》と思われたりするだろう。しかし、あの当時の「はぐれ者」は、全国各都市の工場や政府機関にいる、特殊な生活を送る人たちだった。彼らの最大の特徴は、仕事中ずっとびくびくしていることだ。仕事をしくじって、飯の種を失うことを恐れている。農繁期に家に帰れば、大いに尊敬を受けるが、汗水たらして働かなければならない。一か月の休みを取って、一年分の農作業をその間にすませることができないのが恨めしい。もうひとつ、言い忘れたことがある。「はぐれ者」たちは退勤後、自然に集まって酒を飲み、田舎では味わえない生活の喜びを堪能するのだ。

叔父はこうして酒好きになった。

叔父の工場の「はぐれ者」たちは、みな酒を飲む。飲まなければ人生がむだになるかのようだった。一人でも飲むし、仲間と集まっても飲んだ。その様子を見ていて、私は彼らの生活の真相を知った。彼らは都市と農村の苦悩を両方とも背負った独り者である。その苦悩があるので、暇があれば集まり、つまみがあれば酒を飲むのだ。飲み会が決まると、仕事のときと同様、時間どおりに集まる。飲みながら愉快に語り合い、拳《けん》を打つ遊びをして盛り上がる。誰か「はぐれ者」の工員が一人、酔いつぶれてようやく散会となった。

幸いなことに、叔父は酒好きだが、酒に溺れなかった。泥酔して人事不省に陥ることは、めったにない。だが、酒好きなのはまぎれもない真実だった。私が叔父のところへ働きに行って半年後、職場の工員の弟が結婚することになった。この工員も「はぐれ者」だったが、家は新郷の郊外で、セメント工場からあまり遠くない。そこで早々と工員たちを婚礼に招待した。実家で大いに飲もうというわけだ。

叔父は早くから準備を整えた。一か月前に市へ行き、贈り物としてカシミヤの毛布を買った。さらに、工場から支給された軍手の糸をほどき、それを商店に持って行って、透かし模様の入ったテーブルクロスと交換した。あとは二週間後の日曜日を待つばかりだ。自転車で数十キロ先まで行き、婚礼の席で酒を飲むのだ。

婚礼の日の朝、「はぐれ者」の工員たちは出発の用意を整えた。きれいに着飾って、自分の自転車あるいは借りてきた自転車もピカピカで、まるで本人の婚礼のようだった。

ところが、生産大隊の本部にみんなが集合しても、叔父は現れなかった。用事があるので、先に行ってくれと言った。

午前十時になっても、叔父は出かけなかった。

十時半、叔父は戸口まで行って空を眺め、うろうろしたが、まだ宿舎から出ようとしない。

私は、何か事情があるのだと思った。そうでなければ、この時間までぐずぐずしているはずはない。婚礼は十二時前に終わってしまう。招待されたからには、それまでに駆けつけなければならない。しかも叔父は、ほかの仲間と同様、酒を飲んで騒ぐのが大好きだった。酒に喜びと幸福を感じる人だ。その日、私は七日間の夜勤明けで、まる一日家にいた。叔父がなかなか出かけないのは、金が足りないせいだろうと思った。そこで私は、一か月分の給料を叔父の机の上に置いた。

叔父は苦笑して、首を振った。

私は意味がわからず、黙って叔父を見つめた。

叔父はまた笑って顔を上げ、戸外の針金に吊るされている「ダクロン」のシャツに目を向けた。

「ゆうべ洗ったら、まだ乾かない」

私も振り向いて外を見た。叔父の白いシャツと作業着が、手作りのハンガーに吊るされている。洗濯物と樹木の向こうに広がる空は、黒雲に覆われていた。風もなく、静寂に包まれている。宿舎の裏の工場からは、機械の音が聞こえてきた。岩が転がるような重々しい音だ。その瞬間、私は叔父の幸福の裏に隠された苦悩を知った。叔父の輝かしい人生の扉の背後の混乱を見た。荒れ果てた花園に足を踏み入れたような気がした。没落と衰退を目にしたのだ。私はすぐに別棟の臨時工の三人部屋に戻り、三年前に叔父からもらった「ダクロン」のシャツを持ってきた。私が着古して、襟がもうボロボロだったが、きれいに洗濯し畳んである。古書のような素朴な風格があった。

私がその縞模様のシャツを手渡すと、叔父は笑顔を見せた。晩秋の空を舞う枯れ葉のように、渋みのある笑顔だった。

その日、叔父は三年前に脱いで私に譲り、三年後に私が洗濯して返したシャツを着て、婚礼に参加した。楽しみにしていた祝い酒を飲みに行った。自転車に乗って舗装道路に消えた叔父は、まるで田舎道に舞い落ちた小さな砂粒のようだった。

その日、叔父は泥酔した。

酔っ払った叔父は夜半に帰宅し、急に泣き出して同じ言葉を繰り返した。「生きていくのはつらいことだ！　生きていくのはつらいことだ！」その言葉は釘のように、私の心に打ち込まれた。私は叔父に何杯も水を飲ませ、ベッドに寝かしつけた。翌日、まだ私が寝ているうちに、叔父は目を覚ました。叔父は私を起こして、一緒に新郷のデパートへ行こうと言った。叔父と私と書成《シューチョン》兄さんに一枚ずつ、新しい服を買うのだという。もう、覚悟を決めた。いくら高くても、気に入った服を買おう。最終的に私が止めたので、叔父はデパートに行かなかった。しかし、覚悟を決めた、新しい服を買おうと言ったとき、叔父の顔は明るく輝き、自信に満ちていた。まぎれもなく、本当に幸福そうな笑顔だった。

6　麦の収穫

麦が実ると、叔父は刈り取りのために半月帰省した。

当時、叔父がどれほど苦労していたかはわからない。しかし私は、叔父の苦労は本当の農民に及ばないと思っていた。刈り取りの時期になると、叔父が帰ってくるかどうかにかかわらず、私の父と伯父は子供たちに命じて、叔父の家の麦刈りを手伝わせた。叔父の子供はまだ小さかった。長科と建科の兄弟で、十歳にならないころから、夏も秋も畑に入って農作業を手伝った。麦を刈り、トウモロコシをもぎ取り、畑を鋤き起こし、水を引き、まだ幼いのに何でもやった。そのつらさは、都会の子供には想像がつかないだろう。いま、この二人の兄弟はすでに独立し、家族を持った。世間のことを早くから理解し、多くの人生の重荷を背負っている。それは彼らが「はぐれ者」の家庭に生まれ、小さいときから農作業を手伝ってきたことと深い関係がある。彼らは幼くして、大人と同じく鎌を持って麦畑に入り、灼熱《しゃくねつ》の太陽を浴びた。ようやく立って歩き始めた子羊が、激しい日差しにさらされるように。それで私は、叔父が父親としての責任を果たしているかどうかを疑った。ある年、叔父は麦刈りに帰らなかった。私は叔父の家の刈り取りを手伝い、腰が痛くなって、疑問を抱いた。叔父は農作業の苦労を嫌い、わざと農繁期に帰ってこなかったのではないか。その年は、長科が麦を刈り、麦打ち場に運び、実を乾燥させた。十数歳の少年が、三十数歳の農民のやる仕事をこなしたのだ。弟の建科は、刈り取りのときに麦の芒《のぎ》が刺さって全身がかゆくなり、あちこちに血のにじんだ引っ掻き傷を作った。刈り取った麦がすべて麦打ち場に集まったとき、建科の姿がなかった。朝から晩まで食事に戻らず、どこかへ遊びに行った気配もない。どこへ消えてしまったのだろう。私たちは大声で名前を呼んで、探し回った。夜半過ぎになって、ようやく麦打ち場の麦の山の中から発見されたとき、建科は目をこすりながら言った。

「寝たばかりだったのに、どうして起こすの？」

その年、建科はまだ十一、二歳だった。

北方では、夏の麦刈りの時期が「はぐれ者」にとって、毎年越えなければならない難関だった。私が叔父のところで臨時工をしていた年の夏、叔父は時期に合わせて、刈り取りのために帰省した。そしてまた、期限どおりに戻ってきた。叔父はぐっすりひと眠りしたあと、鉱山から戻ってきた私と一緒に風呂場へ出かけた。セメント工場には我慢ならないことが多かったが、ひとつだけ、ただで風呂に入れるという利点があった。シャワーのお湯も十分に熱い。蛇口をひねると、柔らかい石のように勢いのいいお湯が体に当たった。シャワーの数は多いし、大きな湯船もある。先を争うことも、順番を待つこともなかった。多くの場合、作業場のような浴室に入ると、誰も先客がいない。特に中央の湯船は、お湯が熱いので、一部の老人しか入ろうとしなかった。その日、私と叔父は湯船につかった。疲れが取れるからだ。お湯に入った私と叔父は、期せずして同時に深く息を吸い込み、ゆっくりと吐き出した。その瞬間、私たちは長い間求めてきた幸福な生活を得たように思った。湯船は間口三間の部屋ほどの大きさで、横幅は少なくとも五、六メートルあった。私と叔父は五、六メートルの距離を置いて、仰向けで湯につかっていた。白い湯気が雲のように、私たちを隔てている。私には叔父が見えないし、叔父にも私が見えない。その後、私たちは誰にでも聞こえるような大声で話をした。

私は言った。「叔父さん、今年の麦はどうだった?」

「悪くない――」叔父は言った。「実りがよくて、刈り取りをした人の手にマメができた。しかし、利益配分してみたら、一人の手間賃が一角二分にしかならない」

一角二分なら、私が工場の道端でクラフト紙のセメント袋を拾って、ゴミ回収所に持って行って売ればもらえる。農民が一日、死に物狂いで働いて得られるのが、その金額なのだ。しかも、それは夏の農繁期の牛馬のような重労働に対する代価である。目の前に立ち込める湯気の向こうに、ぼんやりと叔父の姿が見える。私は叔父の言葉を受けて言った。「田舎の農作業は、まったく牛か馬のやる仕事だね！」

叔父は少し考えて言った。「それでも農閑期がある。外の仕事には、暇なときがないだろう」このように話を変えて、叔父は私に、外の仕事がいいか、それとも田舎の仕事がいいかを語り始めた。叔父はそのうちに、無理のない結論を出した。もし外で働くなら、きれいで体裁のいい仕事、軽くて品位のある仕事をするべきだ。それなら都会の娘と結婚して、自分も本当の「都会の人」になれる。しかし、セメント工場や炭坑のような汚くて疲れる職場の労働者は、望みをかなえることができない。都会の娘と結婚しようと思っても、相手は職種に不満を示す。同業の女子工員と結婚しようと思っても、相手は役職を持つ幹部を狙っている。だから結局、田舎に帰って家庭を持つしかない。やむを得ず、「はぐれ者」の生活を送ることになるんだ。それなら、いっそのこと田舎で野良仕事をしたほうがましだろう。

叔父の人生経験は、単純で浅薄に見える。だが、そこに含まれている苦楽は、同じ経験をした人でなければ理解できない。叔父はこの話をしたとき、すでにお湯から出て、湯船のふちにすわっていた。手の硬いマメがふやけたので、小刀で削っていた。左右の手の血マメから流れ出した血が、指を伝って落ちた。湯船のふちの熱い湯と混じって、赤黒い血が鮮やかな赤に、そして薄い赤に変化する。さらに、湯船の外枠に沿って、排水溝へと流れ込んだ。私は話をしながら、叔父の背中を流すため、近くへ行って腰を下ろした。私は叔父の冷静な顔と血マメをつぶすたびに振り動かす手を見ていた。しかし、どうしても理解できなかった。叔父が「よその人」と田舎の人のどちらが幸福かという話をすることに、どういう深い意味があるのだろう？　けれども、その後、軍隊に入り出世して、都会の娘と結婚しようと決めたとき、私はようやく気づいた。あのとき叔父から聞いた話は、私の人生に大きな影響を与えていたのだ。私はいまの生活を「生活」と呼ぶべきか、「暮らし」と呼ぶべきか知らない。だが、私の「生活」と「暮らし」に対する理解と追求は、叔父の人生と関係がある。たとえ、「生活」と「暮らし」に対する理解が牽強付会《けんきょうふかい》で、完全に間違っているとしても、それは確かに人生の信条あるいは世界観となっていた。青春の日々において、私の奮闘と努力をどうにか支えてくれた。

その後、叔父は定年退職に当たって、二人の息子のうちのどちらかを後釜にすえることをしなかった。娘の素萍《スーピン》を新郷に呼んで後継者とした。子供の人生にかかわるこの大きな決定は、農村の「男尊女卑」の倫理観とまったく相いれないものだった。村人たちにはまるで理解できなかったし、叔父の子供たちも不思議に思った。だが、私にはわかる。叔父のこのような決定は、苦しい人生経験によるものだ。完全な農民になることはできても、完全な都会人になることはできない。半分は農民、半分は都会人となったら、農民が思うような都会人の幸福も、都会人が思う農民の自由も得られない。しかも、都会と田舎、両方の悩みと不安を抱え込むことになる。

実際の話、私はいまでも叔父の一生を正確に理解しているとは言えない。叔父は家庭と人生、生活と暮らし、農村と都市について、どんな思いを抱いていたのだろう。しかし、何となくわかる。叔父は子供たちや私に、二つの道のいずれかを望んでいた。完全な農民になって、毎日畑と付き合うか。何とかして完全な都会人になって、畑や農村と縁を切るか。そのような願いを持ちつつ、叔父は一九七七年を迎えた。私はすでにセメント工場の鉱山で、季節が来れば種をまき収穫をする農民と同じように働いていた。一日じゅう必死で、十六時間働いた。それを数十日間続けた。私は、人生は底なしの井戸、暗い穴蔵のようなものだと思っていた。ところが、ある日、叔父が私に電報を届けるため、山を登ってきた。電報の文面は、「スグカエレ」だった。私は不安を抱えながら山を下り、叔父と一緒に町の郵便局へ行った。一時間ほど待って、ようやく長距離電話が通じた。家で何か起こったのかと尋ねた私は、一九七七年は一九七六年とは違う、ましてやそれ以前の一九七五、七四、七三年とは違うことを知った。中国の大学入試が復活したのだ。年齢が少し上でも下でも、高卒、中卒、もしくは小学校しか出ていなくても、本人が望みさえすれば、試験場へ行ける。人生と運命を変える大学入試を受けられるのだ。

その日の夕方、叔父は急いで汽車の切符を買ってくれた。さらに、衣服と荷物をまとめ、車内で食べるように大きなリンゴを二つ用意してくれた。私が臨時工として叔父と生活をともにしたのは、およそ二年間である。しかし、急に帰郷することになって、私は生みの親、育ての親と別れるような気持ちになった。夜行列車だったので、夕飯をすませてから駅へ向かうまで、少し時間があった。その時間はまるで、まだ飲み終わっていない、栄養のある熱いスープのようだった。工場の食事は早いので、食べ終わっても夕日はまだ西の空の高い位置にある。私と叔父と書成兄さんは、黙って部屋の中にいた。夕日が窓から差し込み、室内の机と床を照らしている。空中には湿気と洗剤の香り、そして食堂から持ち帰った食べ残しの匂いが漂っていた。暮らしの中の生活の息吹、あるいは生活の中の暮らしの味わいが混じり合い、濁った水のように、私たち三人を俗世の雑事の中に浮かべている。冬の太陽が朝には田野の凍てついた樹木や野草にぬくもりを与え、夕方には都市の西側のビルの間に沈むように。静寂の中、聞こえてきた乱暴な汽笛の音が窓ガラスと窓に貼った紙を震わせたので、私たちは駅へ行くべき時間になったことを知った。私は別の人生を歩まなければならない。叔父と書成兄さんは私を送り出すのだ。叔父は荷物を手にして言った。「さあ、行こう。里帰りして、試験を受けるんだ」

私は苦笑して、叔父と書成兄さんに言った。「自信がないよ。高校二年の途中で退学したから」

叔父は言った。「受からなかったら、またここへ来て、臨時工になればいい。受かったら、おまえの人生は田舎の暮らしとも、叔父さんの暮らしとも違うものになる」

その後、書成兄さんが叔父の手から私の荷物を奪い、私たちは出発した。叔父が最後にドアを閉め、黒い鉄の南京錠を下ろした。その「ガチャン」という音は、私の退路を断ち、私が別の方向へ踏み出すのを後押ししているようだった。

私たちは、その方向へ歩いて行った。

7　駅で

新郷の駅はいまだに繁栄や近代化とは無縁だ。ましてや、三十年前は言うまでもない。町の中心部の一角にある待合室は、荷物のない倉庫のようだった。乱雑に置かれた椅子は、無傷のものもあれば破損しているものもある。脚が折れていたり、背もたれがとれていたりした。私と叔父と書成兄さんはしばらく、その椅子にすわった。叔父は私が車中で腹をすかせないように、ビスケットを買ってくれた。その後、私たちは早めにホームに入った。私が慌てて乗り遅れないように、また他人より先に座席を確保して眠れるように。

ホームはまるで荒野のように、広大で静寂に包まれていた。曲がりくねった二本のレールは、麻花《マーホア》（小麦粉をねじって油で揚げた菓子）を思わせる。線路二本を隔てて築かれたホームはコンクリート製で、あぜ道が崩れたように、ふちの部分が欠けていた。月は三日月だったが、上向きか下向きかは忘れた。明るいおぼろ月だったことだけは確かだ。ときどき雲に隠れながら、天空を移動していた。さわやかな乳白色の光がレールの上にこぼれる様は、柳の枝にそそぐ清水のようだった。濃厚な機械油の匂いが線路からホームへと漂ってきた。それは朝の光の中に満ちあふれる活気に似ている。ホームの電灯は、月が出ると気をきかせて光を弱めた。月が隠れるとまた、すかさず明るさを増す。私たち三人はホームの中ほどに立ち、その電灯と月の光を借りてお互いの姿を見たり、振り向いて空や線路や遠くにうずくまっている黒い貨物車を見たりした。ときどき、途切れ途切れの会話も交わした。やがて、放送が私の乗る汽車の到着を告げたので、ようやく私は叔父と書成兄さんに別れを告げるときが来たことに気づいた。私は当てにならない、可能性の低い名誉と利益を求めに行くのだ。三人とも急に焦り出した。まだたくさん話すべきこと、やるべきことがあるような気がした。いまを逃したら、その機会は失われてしまう。書成兄さんは私の荷物を持ち、何度かホームのへりまで往復した。どの車両がどの位置に停まるか、どこでドアが開くか、把握しているようだった。乗るべき車両のドアの位置を正確に知っているのだ。叔父はよく考えて準備をすべて整えていたはずだが、汽車の到着と同時に急に何かを思い出したらしい。ポケットからきちんと紙に包んだ金を取り出し、慌てて私の手に押し込んで言った。ここに百元ある。持ち帰って、お父さんかお母さんに渡しなさい。急だったから、鉱山へ行って給料を精算する時間がなかった。この百元は、私から兄貴と兄嫁への贈り物だ。二十歳前にセメント工場に就職して二十数年、毎月給料をもらいながら、兄たちには仕送りをしなかった。この百元は、おまえのお父さんお母さんに使ってほしい。月末になったら、おまえの給料を全部受け取って、年末に帰省するときに持ち帰るつもりだ。

私は当然、叔父の金を受け取るわけにいかなかった。叔父はよそで働いているので、都会の人だと思っていた。だが二年間、七百日近く一緒に働いてきて、私は叔父の苦悩や経済状態を知った。叔父は「よそで働く人」だが、都市と田舎の悩みを両方抱えている。空中に吊るされ、左右の手でイバラをつかんでいるように自由がきかない。

自由がきかず、左右の手でイバラ、もしくは焼けた鉄をつかんでいる状態は運命で、自分の意志では変えられない。

私はわかっていた。叔父の金を受け取るわけにはいかない。ホームの明かりの下で譲り合いをするうちに、叔父の目がうるんできた。ほかの旅客たちがみな、私たちのほうを見ている。このとき、書成兄さんが口を開いた。「もらっておけ。叔父さんがくれるんだから、もらっておけよ」そう言いながら、書成兄さんは私に目配せと身振りを示した。

私はその金を受け取った。

汽車は私が金を受け取るのを待ちかねたように到着し、その熱を帯びた金を仕舞う前に停車した。ほかに先を争って乗り込む客はいなかったが、それでも叔父と書成兄さんは私の腰と尻を押し上げた。

汽車が動き始めると、私は車窓から頭を出して、叔父と書成兄さんに手を振った。そして紙に包んだ金を叔父の胸に目がけて投げ、大声で叫んだ。「叔父さん――このお金は返すよ。日曜日に兄さんと街へ行って、服を買うといい」

叫ぶうちに、汽車は走り出した。

金を受け取った瞬間の叔父を私は見た。叔父は電灯と月光に照らされたホームに立ち、表情をこわばらせていた。その顔は水から引き上げられた黄色い布のようで、二筋の涙が流れている。汽車が走り出してから、私は振っていた手をゆっくりと止めた。叔父と書成兄さんの姿はしだいに小さくなり、別世界の二つの塵となった。

8　帰郷

もちろん、私は大学に合格しなかった。

年末に叔父が帰省したとき、私はうなだれて不合格を告げた。叔父は笑って言った。「また一緒に工場へ行って働くか」

私はきっぱりと言った。「ぼくは来年、兵隊になります」

その後、私は本当に兵隊になった。

町で暮らすようになった。

そして、退役した。

退役後も、文学が好きだったので、軍属の作家となった。都会の娘と結婚もした。結婚に当たって、私は叔父に手紙を書いた。叔父はお祝いの言葉を並べた返事をくれた。叔父が手紙の中で強調していたのは、「よい暮らしを送ること」だった。人生で最も大切なのは、「穏やかに暮らすこと」である。それは一九八四年で、私は妻を愛するのと同様に文学を愛していた。ささやかな家庭に対する思いと創作に対する思いは同じだった。小説の習作をいくつか発表したが、それによって有名になりたい、頭角を現したいという欲望が募った。河南省開封《カイフォン》の『東京文学』に小説を載せたくて、私は事前に二人の戦友と結託し、商丘《シャンチウ》の兵営の温室で栽培されていた満開のジャスミンの花を盗み出して、自分の宿舎の窓辺に置いた。そして週末、その数十キロの重さのある鉢を抱えて、改札のいらない裏口から商丘駅に入った。鉢を車両の通路に置き、自分は車掌と鬼ごっこをした。こちらの車両からあちらの車両へ移動し、便所に身を隠して車掌の検札をやり過ごした。ついに二時間が過ぎ、汽車が開封駅に停車すると、急いで鉢を抱えて下車した。改札口から駅を出ることはせず、そのまま線路に沿って前に進んだ。まわりが一面の畑になったところまで迂回《うかい》して、古都開封に入ったのだ。妻と合流し、一緒に鉢を抱えて、『東京文学』の知り合いの編集者の家に送り届けた。

長期にわたって、家庭と文学に情熱を傾けたため、私は「田舎の暮らし」と「都会の生活」の問題を考えなかった。自分が結婚したあとの毎日が「暮らし」なのか「生活」なのかを分析する気も起こらない。だから、叔父の「よい暮らしを送ること」という手紙の言葉も、深く追究しようとしなかった。それを単なる年長者の忠告と見なした。叔父がなぜ繰り返し「よい暮らし」を強調したのか考えなかった。ましてや、叔父の当時の日々が「暮らし」だったのか「生活」だったのかは考えもしなかった。ある日、私は出張のついでに里帰りし、叔父が目の前に現れたので、ようやく退職したことを知った。叔父はもう、五十八歳になっていた。叔父は退職後、娘の素萍に仕事を引き継ぎ、自分は完全に新郷を引き払って故郷の家に閑居していた。

このとき、叔父が五十八歳で定年退職して家にいるという事実が、逆流する河のように押し寄せてきた。あまりに突然で、私は信じることも受け入れることもできなかった。私は信じたくない。工場を走り回り、いつも残業していた叔父がもうすぐ六十歳になるなんて。黒々としていた叔父の髪が真っ白になったなんて。声が大きくて顔色のよかった叔父が、黄ばんだ顔で咳き込みながら話をしているなんて。それで、私は気づいた。私たちの世代は青年、そして中年になるまで、両親の子供に対する愛情を受け続けてきた。両親が健在であれば、永遠に老人を三十代、四十代の壮年と見なし、永遠に自分を未熟な子供と見なして、両親の愛情を享受していた。自分がすでに壮年で、親の世代はもう老年の域に入っているにもかかわらず。両親の愛情は河の流れのように雄大なので、私たちはそれが汲めども尽きぬものだと思ってしまう。汲めども尽きぬものだから、その愛情を意識することがない。しばしば、その愛情を重荷に感じ、忌み嫌う。年長者の愛情を背中の瘤《こぶ》のように思い、取り去ろうとする。そしてある日、年老いた両親が病に倒れたとき、ようやく私たちは理解するのだ。両親の世代は日々の暮らしのために、子供たちのために、精根を使い果たしていた。そして私たちは、もはや少年はおろか、青年でも壮年でもない。

両親の世代をないがしろにしてきた私たちは、彼らの血液を水のように吸い取ったのだ。いまになって、私たちは両親の世代の子供であることを思い出した。両親の世代はこれまで、できるかぎりのことをしてくれた。しかし私たちは、彼らのために何かをしたことがない。いま、彼らは年老いて、畑に出ることも、職場で働くこともできなくなった。彼らは退屈な毎日を過ごし、しだいに衰えていく。彼らが向き合うのは、病気と死でしかない。そんなとき、私たちは自覚すべきだ。私たちの役割は、子供たちの父親や母親だけではない。妻の夫、夫の妻だけでもない。自分の仕事のために努力することだけでもない。私たちの欲望の一部を彼らに捧げるべきだ。十本の指の二十八個の関節のうちのひとつを彼らのために使うべきだ。彼らにしっかり感じてもらわなければならない。彼らは一生のうちに、確かに子供を生み育てたのだということを。

私たちは彼らの「暮らし」を「生活」に変えなければならない。彼らの「生活」を確実に「暮らし」とは違うものにしなければならない。

叔父は私の結婚式のときに、「よい暮らしを送ること」という言葉を強調した。叔父の一生は「暮らし」と「生活」の間で揺れていた。叔父はもがき苦しみ、疲れ果てた。いまはようやく定年退職を迎え、息をつくことができた。河の流れに漂っていた船が、ついに着岸し、雨風をしのげるようになったのだ。叔父は船を下りて、ゆっくりとタバコを吸い、酒を飲むことができる。

叔父は酒が好きだった。二人の息子は品行方正で、人情に篤く、親孝行を尽くしている。可愛い孫たちも、叔父のまわりにいた。毎月、年金も入ってくる。「はぐれ者」の生活が長く続いて叔母とは離れ離れだったが、退職後は一家団欒《だんらん》を楽しめるようになった。叔母もまた、夫の面倒をよくみる。叔父はようやく静かで幸福な生活を手に入れたのだろう。ところが、帰省して家で叔父と対面し、二時間ほど世間話をしたとき、いまの生活に話が及ぶと、叔父はぎこちない笑みを浮かべて小声で言った。「よそで長く暮らしたあと、田舎に戻ってみると、慣れないことばかりだ」

しばらく沈黙してから、叔父はやはり小声で付け加えた。「とにかく、誰とも話が合わない」

私はとっさに、何と答えていいかわからなかった。叔父の言葉の真意も理解できない。叔父が立ち去ったあと、ようやく少し見当がついた。叔父は一生、さすらいの人だった。都市においては田舎者で、農村に根があるため都会になじめなかった。一方、田舎においては都会の人だった。農村を離れて長いので体の血液が都会化し、田舎の人に戻ることは難しい。叔父は私たちの社会の都市と農村の狭間《はざま》で生きた人だった。都会が田舎者にとって理想の天国で、農村が地獄だとしたら、叔父の四十年にわたる人生はどっちつかずの状態にあった。天にも地にも届かない宙ぶらりんの生活が身についてしまった。木の枝に吊るされたカゴの中の鳥と同じだ。カゴの中でほぼ一生を過ごしたあと、年老いてから外に出されても、空へ飛び立つことも地面に降りることもできない。適応できるのは、梢の上で陽光を浴びること、風雨にさらされることだけだ。叔父も同じ状態だった。都会の人でもなければ、田舎の人でもない。その一生は都会の人の生活でもないし、田舎の人の暮らしでもない。叔父は都会に住む田舎の人で、身分証を持たない長期逗留者だった。都会のビルの谷間で、どっちつかずの毎日を送っていた。それが叔父やその仲間たちの独特の生活様式なのだ。彼らには自分の友人と生活圏がある。自分が語るべきテーマと問題意識がある。人生、運命、国家、民族など、把握しきれない大きな命題に対する答えを持っている。日常生活や子供たちへの思いがある。彼らは農村を離れ、都会に出て一旗揚げるために、物質面と精神面の苦労や郷愁を一生味わい続けた。私たちの民族が何世代にもわたって生み出してきた、農村から都会に出た放浪者の一人である。彼らは郷愁に駆られ、どうしても都会になじめなかった。郷愁に悩まされることのない人は幸運だ。郷愁は文学創作の財産にはなるが、生活や暮らしにとっては精神的な重荷である。とは言え、郷愁を抱きながら文学創作をしないのはもったいない。金の延べ棒を持っているのに、指輪のひとつも作らないようなものだ。

言うまでもなく、郷愁を抱いている都会の人のうち、最も幸福なのは高位高官、大商人などの成功者である。彼らは田舎で生まれたので、その土地のつらい記憶が残っている。ある日、年を経て功成り名遂げた彼らが、お付きの者を従えて故郷に帰るとしよう。過ぎ去った昔をしのぶための里帰りであれ、人生の途中で故郷に錦《にしき》を飾るのであれ、それは人生の目的の実現、輝かしい一生のカーテンコールに他ならない。しかし、叔父の場合は違う。平凡な人生で、生活は苦しかった。よそで四十年働いたが、達成したのは子供を生み育て、彼らに時代遅れの瓦屋根の家を建てることだけだった。まるで田舎の農民と変わりない。違うのは、ビルの谷間に押し込まれた生活様式である。それがもう血液にまでしみついたとき、叔父はこの生活様式を変えなければならなかった。住宅、衛生、医療、街道、交通、商店、退勤後の仲間たちとの語らい、お茶と酒、行く機会のなかったスーパー、商業ビル、映画館、オフィス、すれ違った都会の若いカップルたち、両親に車で送り迎えしてもらっている学校の生徒たち、車の流れなど。これらは叔父の生活と表面上の関わりがない「人」や「物」である。しかし、それらがもう心の中にしか存在しなくなったとき、叔父は密接な関係があることを意識した。それらは叔父の生活に融け込み、血液の中を流れていた。特に、環境の中で形作られた、叔父自身も理論的に説明できない、生活様式が育んだ精神と霊魂である。ちょうど、一生を寺院で過ごした僧侶に似ている。寺院があるかぎり、彼らはそれが自分たちの精神と霊魂だと気づいていない。寺院の古い樹木やレンガを自分たちの家だと思っているだけだ。だが、ある日、寺院が突然崩壊し、存在しなくなったらどうだろう。また、寺院は存在しても、彼らが門の外に追い出されたらどうだろう。彼らは古い樹木やレンガの下、あるいは田野に取り残され、初めて理解する。あの寺院、あの退屈な朝と夕方のお勤めは、彼らの家屋と生活であったばかりか、彼らの真の精神と霊魂でもあったのだ。

消滅したり変わったりしたのは、環境と寺院だけではない。彼らの信仰も含まれる。

寺院のような「物」が、なぜ僧侶の精神と霊魂になるのか？　それは私たちにはわからない。僧侶たちにもわからないだろう。仏教では「仏は心の中にある」と言う。ほかの「人」や「物」ではない。しかし、「人」や「物」がなければ、僧侶たちの精神と霊魂も存在しなくなる。

叔父もまた、そのような僧侶の一人だった。誰も彼の寺院を破壊しなかったし、誰も彼を長年過ごしてきた修行の場から追い出そうとしなかった。だが、運命は彼を都市から移動させ、よく知っているはずの懐かしい故郷の村へ帰した。ところが、夢にまで見た田舎へ戻り、知り合いたちの中に身を置いたとき、叔父は初めて気づいた。都会が彼のものでないように、田舎も彼のものではない。彼の顔なじみも、じつは赤の他人だった。

叔父は本当の孤独と寂しさを知った。

日ごとに精神が衰弱していくように思った。

いまの社会では、誰もが知っている。活気のあった農村の裏側では、過疎化が進んでいた。農民たちは野良仕事を放棄し、遠くへ出稼ぎに行った。農家の畑は荒れ果て、農繁期でも老人と子供の姿がまばらに見えるだけだ。出稼ぎに行かない若者は、村はずれで養鶏場や養豚場を経営している。村は戦争が終わって軍隊が去ったあとの戦場のようだ。新築の家が点在するとしても、農村の没落は隠しようがない。

村落は活気を失い、魂が抜けたようになった。

村人は魂を失い、ますます活気が失われた。

叔父は退職して帰郷してから、新築の家、街道、村の静寂を見守り続けた。荒野の陵墓の番をする老人のように。村に残っている老人や子供は、叔父と話が合わない。叔父は村人と共通する話題を持っていなかった。村人たちは、叔父が心の中で何に関心を示しているのかわからない。叔父は彼らの関心事を知っていたが、それらのことに興味がないのだ。叔父の娘は新郷のセメント工場へ行き、仕事を受け継いだ。次男は妻子を連れて、やはりセメント工場へ行き、かつての私のように臨時工をしていた。長男一家は村にいたが、毎日ほかの人たちと同様、養豚や不安定な商売で忙しかった。親孝行ではあったが、叔父の寂しさを埋め合わせることはできない。特に、寺院を失った僧侶のような精神の荒廃を救うことは不可能だった。父親の寂しさを慰めるために、長男の長科は時間を作って世間話をするほか、村の娯楽施設でマージャンをするように勧めた。

息子は都会から戻ってきた父親が退屈と思うかもしれない農村の生活様式に融け込むことを願っていた。

息子は立場上、できるかぎりの親孝行を尽くしたいと思っていた。

私は幼いころからまじめだった長科に言った。「叔父さんは酒が好きだから、毎日飲ませてやれよ。飲みすぎなければいい」

長科は言った。「毎日飲ませてるさ。飲めば少しは憂さが晴れるからな」

私はさらに言った。「マージャンにも出かけるといい。村の人たちと打つんだ。賭けなければいいから」

長科は言った。「毎日、賭け事をやるようになると困るな」

叔父は退職して田舎に戻ってから、一日じゅう外に立って、あたりを眺めていた。ひっそりした村の通りには人影がない。叔父はいつも一人で、路傍の樹木のように村の入口に立っていた。だんだん酒との付き合いを深め、自分で説明できない人生の巡り合わせや運命のいたずらについて、酒に不満を訴えた。その後、暇を持て余すとマージャン卓を囲むようになった。年金収入があるので、村の暇人たちは叔父との勝負を望んだ。数人がぐるになって、年金が出るたび、叔父をマージャンに誘った。年金の大半を持って、マージャン卓につくように勧めた。その人たちはマージャンのルールを使って、いつも叔父の年金をだまし取った。

9　回帰

晩年の叔父はずっと、酒とマージャンを友にしていた。当初、私は帰省するたび、叔父に酒を一、二本持ち帰った。その後、母がそれを禁じて言った。叔父さんは飲みすぎで頭がおかしくなった。飲むとマージャンを打ちに行き、お金を巻き上げられる。誰もが知っていることなのに、本人だけが気づかない。

従弟の長科に叔父の酒癖とマージャン狂いのことを話すと、長科は目を赤くして言った。どうして父さんがこうなってしまったのか、わからない。酒を飲むな、マージャンもするなと言えば、生きていても面白くないと思うだろう。酒を飲んでもいい、マージャンもしていいと言えば、以前よりもっと生活が乱れてしまう。

長科は後悔しながら言った。「こうなるとわかっていたら、マージャンはやらせなかったのに」長科は父親の内心の喪失感と寂しさの理由を見抜いているようだった。老後を送るために都会から田舎へ帰ってきたほかの人たちは、生まれ故郷で暮らすことが無理だと気づくと、再び都市のビルの谷間での生活に戻って行った。いまの農村はかつての田舎ではない。帰郷した人たちは表面上、その土地を離れた少年だが、実際のところ昔とは違っている。割れた鏡と同じで、数十年後につなぎ合わせたところで、もとに戻すことはできない。別々の場所に置かれていたため、それぞれ腐食が進み、鏡の色つやが違ってしまった。老後を送るために帰ってきた労働者や幹部たちは、農村の生活に適応できず、都会に戻って安らかに暮らしている。ところが叔父は、戻ることができなかった。ひとつには、叔母が賛成しなかったからだ。また、あのセメント工場は不景気で、叔父の年金を期日どおりに支給できなかった。さらに言えば、工場で働く素萍と建科も生活が苦しかった。比較すれば、実家にいる長科のほうが、その勤労精神のおかげで、暮らしに余裕があった。

叔父は田舎で晩年の生活を送るしかなかった。

叔父は仕方なく、酒とマージャンで人生の寂寞と喪失感を埋め合わせた。そして、二〇〇七年の国慶節の日、陰暦の八月二十一日に、母が突然長距離電話をよこした。叔父が亡くなったので、すぐに帰れという。叔父はマージャンを打ったあと酒を飲みすぎ、帰りに誰もいないところで溝に落ちてケガをした。ほかの病気も誘発し、病院に入って二日後、この世を去ったのだ。さらに兄と姉が続けて電話をかけてきて、私の帰省を催促した。急いで荷物をまとめ、汽車の切符を買い、田舎に着いたのは叔父の死の翌日だった。私は二年前に伯父の霊を祭ったように、叔父の霊を祭った。もう二度と運命と人生を嘆くことのなくなった叔父の棺桶を見守り、二人の兄——私の父や伯父と並べて、祖先の墓に埋葬した。田舎から北京へ戻る前、私は長科に会いに行った。長科は両目を泣き腫らし、何度もひざまずいたために膝を痛めていた。長科とその妻は私の前で、しばらく沈黙したのち、次のように語った。

父さんは退職後、都会に残って、田舎へ帰ってこなければよかった。都会と田舎では、生活様式に違いがある。数十年もあちらで暮らしたあと、田舎に帰ってこようとしたとき、父さんはもう若くなかった。すべてが出来上がっていて、変えることは不可能だった。もう一度変えるとすれば、生活様式だけではすまない。人生と運命を変えなければならないのだ。

言い終わったとき、長科の目にはもう涙がなかった。長科は冷静で、すべてを理解している。都市と農村、人生と運命、婚姻と愛情、生活と暮らしなど、農民にとって身近すぎて深く考えようとしない問題について、彼は達観していた。自分の将来と人生の激変に対処する準備ができているようだった。

10　塀の内外

いま、父の世代は実の三兄弟が相次いで私たちに別れを告げた。この世の喧騒《けんそう》と混乱を離れ、喜びとも苦しみとも無縁になった。私の田舎には、こんな言葉がある。「上の世代は風よけの木」──どんなに年老いて病気がちの老人でも、生きているかぎり、下の世代は若いつもりでいられるという意味だ。特殊なケースを除いて、死は年齢順にやってくる。老人たちは林の最前列の木であり、影も形もなく風のように訪れる死を押し止めてくれる。死の亡霊を林の中に入れさせない。家の敷地内に入って、ほかの人たちに手出しすることを食い止める。年老いた命と衰弱した体を使って、死を林の外や家の外で立ち往生させる。死と対話し、理を説き、言い争い、ケンカする。死をやり込める。あるいは、下手に出て勝ちを譲る。すると、死は私たちの体、家の戸口、林のへりをすり抜けて行ってしまう。逆に、死が老人をやり込め、言い返せなくさせると、老人は下の世代に累を及ぼすのを避けるため、仕方なく死に連れられて行く。先に世を去るのだ。あるいは、こうも言える。死が旋風となって林に吹き付けてきたとき、老人は戦う。そして疲れ果てた老人は、最後の力を振り絞って、戸口や林のへりから死を引き離し、自分も一緒に立ち去って行く。

死が林や家の敷地から出て行く条件は、老人が世を去り、二度と戻ってこないことである。老人たちは、この条件を呑むしかない。なぜなら、彼らはすでに年老いているので、死と交渉するわけにいかないのだ。彼らが一歩先に世を去らなければ、死は林の中に踏み込んで、草花や樹木を吹き倒すだろう。家の中に入ってきて、ほかの人を標的にするだろう。

老人は下の世代のために、一歩先に行くしかない。別の世界で横たわり、子供たちがいずれやってくるのを待つのだ。私の父は二十五年前に世を去った。伯父は三年前だったから、来年の陰暦一月二十六日が三周年になる。叔父が亡くなって、もう一年あまりが過ぎた。三か月前の国慶節の日、国じゅうが喜びに沸いていたとき、私たちの家族は叔父の一周忌を行った。いま思うと、父の死は早すぎた。私たちの家の中に死が入り込んで、妻や子供に危害を加えないように、父は戸口や林の外側を守ったのだ。病気がちの体を使って、私たちの生命と暮らしを庇《かば》い、最後はやむを得ず私たちのもとを去って、死に引きずられて行った。伯父はどうか。伯父の一生は運命との戦いだった。生きるために奮闘した。最後の十年は運命との戦いではなく、死との戦いだった。彼は突然、世を去った。伯父は死を打ち負かしたと思ったのだろう。死は彼に妥協した。彼の気迫と品性に敬意を表して退散した。そう思って、彼は気を抜いたのだ。死の姿が見えなくなったから、しばらく再訪することはないと思った。そのとき、死が急に伯父を目がけてやってきた。伯父と私たち家族は驚き慌てて、とっさに防御できなかった。

伯父は死に対する麻痺と油断によって、命を落とした。

一方、叔父は死について、あまり議論することがなかった。伯父のように死と戦うこともあまりなかった。叔父は本質的に私と同じで気が弱く、黙りがちだった。考えることは好きだが、それを口に出さない。すぐ実行に移し、説明はしない。考えることをしないときは、行動に忙しい。何もすることがなくなると、ずっと黙って考えにふける。考えても結論が出ないときは、酒とマージャンに溺れた。叔父は酒が好きだったが、本当の酒飲みではなかった。マージャンが好きだったが、本当のバクチ打ちではなかった。酒とマージャンの力を借りて交流を図り、それに希望を託し、解脱《げだつ》を求めたのだ。叔父の心の中には、解けないわだかまりがあった。それは命より重要なものではない。しかし、叔父は土と岩の間に生えている一本の木だった。天候がよいときは元気いっぱいだが、強風にあうと抵抗できず、吹き倒されてしまった。

私の父や伯父と比べて、叔父の命はひ弱だった。それは彼の心の中に、私たちにはわからない、彼自身もついに解けなかったわだかまりがあったからだ。一方、私の父は早々と世を去った。感情が細やかで、生活、子供、命に対する執着と愛情が強かった。けれども、私たちを生かすため、やむを得ず世を去った。伯父は八十二歳まで生きた。不慮の死ではあったが、思い出してみると、伯父は私たちに生命に対する敬意と尊重を感じさせてくれた。とにかく、伯父、父、叔父の三兄弟は亡くなった。父の死が最初に、私たちの家族の無傷の塀に穴を開けた。そこから風が入ってきて、無情にも伯父の息子と娘の命を奪った。鉄成《ティエチョン》と連雲《リエンユン》の生命の木は、あまりにも早く断ち切られた。この三年の間に、伯父と叔父の死によって、私たちの家の生命の塀は穴が開いただけでなく、倒壊してしまった。いま健在なのは、父の従弟の夫婦だけだ。だが、彼らはすでに七十歳を過ぎ、生活も楽ではない。伯母、母、叔母もすでに八十、あるいは七十を超えた。伯母と叔母は病気を抱え、頭脳と言語が心もとない。七十数歳の私の母は比較的元気だ。ほぼ毎日薬を飲んでいるが、頭は若いころと同じようにはっきりしている。現時点で、世俗的な観点から我が家を見れば、父の世代とその妻たちはみな、親孝行な子供たちがいて幸せだと言えるだろう。私たち子供の世代や孫の世代の中には、伝統的な倫理観の模範とすべき者がいる。「孝」という文字は、いまの社会では明らかに古臭い。だが、農村では依然として、人生における最大の慰めとなっている。一方、私たちの世代にとって幸せなのは、父の従弟夫婦、伯母、母、叔母が健在だということだ。おかげで私たちは、家族の塀の一部が崩れても、まだ残っている塀があると感じる。冷たい風が四方八方から吹きつける心配がない。

しかし何と言っても、塀の一部が根こそぎ失われたことは事実である。そこから外を眺めると、私たちは死を目の当たりにできる。死の足音も聞こえる。近づいてくる死がささやき合う声も聞こえるし、手に持っている死の通告書も見える。だから、私たちは死との付き合い方を真剣に考えなければならない。今後、運命や死と向き合うときの態度、死と争い戦うときの心構えを考えなければならない。生きることが終わる日が、いつかやってくる。最後にその日が来るからこそ、生きることをまじめに考え、始末をつけなければならないのだ。

訳者あとがき

閻連科（イエン・リエンコー）は二〇一四年に、フランツ・カフカ賞を受賞した。中国人作家では初めて、アジアの作家では村上春樹についで二人目の快挙だった。受賞記念講演の日本語訳は、『早稲田文学』二〇一四年冬号（泉京鹿訳）、『アジア時報』二〇一五年七・八月号（舘野雅子訳）に、それぞれ掲載されている。日本では、ちょうど同じ二〇一四年に、『愉楽』（原題『受活』、二〇〇三年発表）が刊行された（谷川毅訳、河出書房新社）。身体障碍者が多く住む村の興亡を通して現代中国社会の歪みを寓話的に描いた長篇小説で、彼の代表作のひとつと言える。解放軍師団長の若妻と当番兵の禁断の恋を描いた『人民に奉仕する』（原題『為人民服務』、二〇〇五年発表、邦訳は文藝春秋、谷川毅訳）、河南省で起きたエイズ集団感染事件を取材して権力側の隠蔽体質を告発した『丁庄の夢』（原題『丁庄夢』、二〇〇六年発表、邦訳は河出書房新社、谷川毅訳）と合わせて、日本における閻連科の知名度はかなり上がったと言えるだろう。「莫言の次にノーベル賞を受賞する可能性が最も高い作家の一人」という気の早い論評も見られる。

しかしながら、日本に紹介されているのは閻連科作品のほんの一部にすぎない。ほかにも多くの小説があることは言うまでもないが、彼の随筆にも捨てがたい魅力がある。北京郊外の「花郷森林公園」にあった家での自然豊かな生活と道路建設のための強制立ち退きまでの経緯を綴った『七一一号園』、外国文学と現代中国文学の諸作品を例示しながら自身の文学観、作品論を展開する『小説発見』（原題『発現小説』）、北京での日常、外国への旅、家族の思い出などを語る『感慨』（原題『感念』）など。そして、彼の随筆集で最も多くの読者を得ているのが、ここに訳出した『父を想う——ある中国作家の自省と回想』（原題『我与父輩』）である。

本書は二〇〇九年五月に雲南人民出版社から刊行された。その後、江蘇人民出版社（二〇一二年三月）、人民文学出版社（二〇一四年一〇月）と版を重ね、累計部数は三十万冊を超えている。国外では、フランス、韓国、イタリアで翻訳が出た。まずは、中国での評論をいくつか拾ってみよう。

閻連科の回想と自省には、一種の普遍性がある。語っているのは「私」と「父の世代」で、単なる「父」との関係ではない。描写の対象を「世代」という記号、すなわち一世代ないし数世代にわたって苦難に打ちひしがれてきた中国の農民にしている。『父を想う』は自身を回顧する作品であり、閻連科は誰にも知られていなかった本当の自分を読者に見せた。表現しにくい細やかな感情と深い自責の念を描き出した。決して厚い本ではないが、内容は重い。真実だからこそ重いのだ。

（陳思和「父を語ることの重さ——『父を想う』を読む」、『散文選刊』二〇〇九年第一〇期）

閻連科は早くに農村を離れたが、心の中ではずっと故郷に「住み」続けている。決して「他者」として、あの時代の物語に参与しているわけではない。閻連科の特殊な経歴、および深刻な創作の動機からして、彼はわざとらしく立場を選んで思考する必要がない。なぜなら、彼の立脚点は永遠に揺るがないからだ。彼は農村を「逃れた」が、自分の心と農村の血縁関係からは逃れていない。したがって、彼は一貫して郷土の赤子である。文人の芸術的な筆致で、農村の苦難や肉親の情を描くことは決してしない。

（張穎「真実の郷土、肉親の情の故郷――閻連科『父を想う』を評す」、『当代作家評論』二〇〇九年第六期）

多くの読者は、閻連科が作中で表明している心からの懺悔《ざんげ》に驚き、感動し、敬服するだろう。しかも閻連科の懺悔は、相当に個人的かつ日常的なものである。彼は中国人の日常生活の倫理から出発して、自身の家庭生活における行動と心理に対して責任を問い、反省している。閻連科が家族を語る精神は、中国伝統の農村の倫理に源を発している。『父を想う』の叙述は錯綜し雑然としているが、その核心は中国農村の普通の人々の生と死、人生と運命、そして循環する単調な生活の価値を再認識することにある。このような核心的価値こそ、農民一人一人が生きていく理由なのだ。

（暁華「閻連科の文化的情緒――『父を想う』を評す」、『名作欣賞』二〇一二年第一期）

日本でも、この本の存在は早くに紹介された。『朝日新聞グローブ』（二〇〇九年八月三日）に掲載された泉京鹿「北京の書店から」、および『世界』（二〇一〇年一〇月）に掲載された本田善彦によるインタビュー「ベストセラー作家と語る中国　農村の魂を見つめる目」である。前者は、この本の魅力を以下のように的確にまとめていた。

故郷で一生を終えた父とその兄弟たちの人生を綴った本書は、中国の農村の人々の生と死の記録である。豊かさとはほど遠い農村の暮らし、家族の病、土地の没収、辛い労働……淡々と綴られるのは重苦しい日々なのに、子供たちのために生きた父の世代の愛がいたるところに行き渡っていて、豊かな気持ちになる。連綿と続く命、「生きる」ということを考えさせると同時に、一人の作家が黄色い大地でいかに育まれてきたかを知ることもできる一冊だ。

後者では、閻連科本人が本書執筆の意図を語ると同時に、ベストセラーとなったことに対してやや韜晦《とうかい》的なコメントをしている。

五〇年代から八〇年代の農村を舞台にした素朴な物語です。父や伯父らの思い出を素直に綴った文章が思いがけず好評を得たのですから、一種のまぐれ当たりですね（笑）。中国の読者は過去数十年来、情愛や善良さを渇望してきたので、家族の温もりを描いた物語は特に受け入れやすかったのでしょう。

（中略）

また、親族の情感を持ちつつも、親族の欠点に向き合うよう努めました。魯迅を含む中国の作家は、農民の欠点を鋭く批判する一方、自分の親族には別の基準と態度で臨みました。父や母を偉大で善良だと語り、その欠点に目をつぶるのは世界共通でしょう。私は不完全かもしれないが、伝統的な身びいきから少しは脱却できたと思います。彼らは偉大であるとともに、人間としての弱点も抱えていた。今のところ、この事実を書いたことで「親不孝だ」などの批評は受けていません。むしろ現実を率直に描いたことで、より深みのある人間像が生まれ、読者の共鳴を呼んだのではと思っています。

閻連科の上述の小説『人民に奉仕する』は、毛沢東と解放軍を誹謗《ひぼう》する作品として発禁処分を受けた。また、『丁庄の夢』も、「エイズの脅威を誇大に描き、中国社会の暗黒面をことさらに強調した」として再版が禁じられた。その反体制的な言動も含め、閻連科は「中国で最も論争の多い作家」と呼ばれている。それを踏まえてか、江蘇人民出版社版の『父を想う』の「帯」には、「最も論争の多い作家・閻連科の最も論争の少ない作品」というキャッチコピーがあった。

では本書は穏健で退屈な本かと言えば、決してそのようなことはない。引用した評論にあるように、作家個人の精神史であると同時に、中国の農民の生活史でもある。閻連科という作家を理解するためにも、中国社会を理解するためにも、意義のある作品だと思う。いわゆる都市と農村の格差、農民の土地や家屋に対する執着、伝統的な大家族の絆の深さなど、よく言われることではあるが、具体的なエピソードを通じて語られると重みが違う。農業政策や教育政策の問題点、解放軍の閉鎖性なども浮き彫りにされる。また、農村にやってきた「下放青年」たちに対する見方も厳しい。閻連科の同世代には、文革中に「下放」体験を持つ「知識青年作家」が多いが、彼らが当時の農村を「地獄のように」描いたことに対して違和感があると語っている。「論争の少ない」本書ではあるが、このような「知識青年」評価については一部で批判が出た。

閻連科の人間味、やさしさと厳しさの両面が感じ取れるのも本書の魅力だろう。訳者が閻連科と初めて会ったのは、二〇一〇年の八月のことだった。北京で開かれた会議のとき、宿泊先のホテルのロビーでたまたま出会い、少しだけ話をした。小説から受けるイメージ、激しさや荒々しさとはまったく無縁の、ナイーブで物腰の柔らかい人だった。さらに翌月、今度は同じく北京で開催された「日中青年作家会議」で再会することができた。閻連科は中国の若手作家たちのよき理解者であると同時に、日本の若手作家たちをもてなす優秀なホストでもあった。会期中のある夜、彼は参加者全員を自宅に招き、年代物の「茅台酒《マオタイ》」で接待してくれた。そこは前述の「七一一号園」にほかならない。閻連科がわずか二年あまりしか居住できなかった「ユートピア」の家を訪問できたのは、じつに幸運なことだった。このときに閻連科とゆっくり話をし、また『父を想う』などの随筆を読み、ようやく彼の人間性を少し理解できたように思う。

閻連科の著作としては、小説と随筆のほか、さらに講演録や対談録があり、これらもまた面白い。講演録は、『閻連科演講』（花城出版社、二〇〇七年）、『一派胡言――閻連科海外演講集』（中信出版社、二〇一二年）、『沈黙与喘息――我所経歴的中国和文学』（ＩＮＫ印刻文学生活雑誌出版、二〇一四年）など、対談録は『巫婆的紅筷子――閻連科、梁鴻対談録』（漓江出版社、二〇一四年）、そして蔣方舟との往復書簡集、もしくは交換日記と呼ぶべき『両代人的十二月』（ＩＮＫ印刻文学生活雑誌出版、二〇一五年）である。このうち、『沈黙与喘息』は、「沈黙の喘ぎ

——私が辿《たど》ってきた中国と文学」（舘野雅子、辻康吾訳）として『アジア時報』に掲載されている（二〇一四年から二〇一五年にかけて連載）。
今後も多様な紹介によって、奥深い閻連科ワールドが解明されていくことになるだろう。

二〇一六年三月

飯塚　容

著者略歴

閻連科（イエン・リエンコー、Yan Lianke）

1958年中国河南省嵩県の貧しい農村に生まれる。高校中退で就労後、20歳のときに解放軍に入隊し、創作学習班に参加する。1980年代から小説を発表。軍人の赤裸々な欲望を描いた中篇『夏日落』（92）は、発禁処分となる。その後も精力的に作品を発表し、中国で「狂想現実主義」と称される『愉楽』（2003）は、05年に老舎文学賞を受賞した。一方、長篇『人民に奉仕する』（05）は２度目の発禁処分となる。さらに「エイズ村」を扱った長篇『丁庄の夢』（06）は再版禁止処分。大飢饉の内幕を暴露した長篇『四書』は大陸で出版できず、2011年に台湾から出版された。同年『丁庄の夢』がマン・アジア文学賞最終候補。最新作は『炸裂志』（13）。2013年国際ブッカー賞最終候補、2014年にはフランツ・カフカ賞受賞。近年はノーベル文学賞候補としても名前が挙がっている。

訳者略歴

飯塚容（いいづか・ゆとり）

1954年生まれ。中央大学文学部教授。訳書に、高行健『霊山』『ある男の聖書』『母』（いずれも集英社）、余華『ほんとうの中国の話をしよう』『血を売る男』『死者たちの七日間』（いずれも河出書房新社）、『活きる』（角川書店）、鉄凝『大浴女』（中央公論新社）、蘇童『河・岸』（白水社）、韓東『小陶一家の農村生活』（コレクション中国同時代小説３、勉誠出版）、王安憶『富萍——上海に生きる』（コレクション中国同時代小説６、共訳、勉誠出版）など。

父を想う　ある中国作家の自省と回想

2016年５月20日　初版印刷
2016年５月30日　初版発行

著　者　閻連科
訳　者　飯塚容
装　丁　水戸部功
発行者　小野寺優
発行所　株式会社河出書房新社
東京都渋谷区千駄ヶ谷2-32-2
電話　(03) 3404-8611〔編集〕(03) 3404-1201〔営業〕
http://www.kawade.co.jp/
組版　株式会社創都
印刷　株式会社暁印刷
製本　小泉製本株式会社

Printed in Japan
ISBN978-4-309-20704-9

河出書房新社の海外文芸書

死者たちの七日間

余華　飯塚容訳

事故で亡くなった一人の男が、住宅の強制立ち退き、嬰児の死体遺棄など、社会の暗部に直面しながら、自らの人生の意味を知ることになる。『兄弟』の著者による透明で哀切で心洗われる傑作。

血を売る男

余華　飯塚容訳

貧しい一家を支えるため、売血で金を稼ぐ男が遭遇する理不尽な出来事の数々。『兄弟』『ほんとうの中国の話をしよう』など、現代中国社会の矛盾を鋭くえぐる著者による笑いと涙の一代記。

ほんとうの中国の話をしよう

余華　飯塚容訳

最も過激な中国人作家が、「人民」「領袖」「草の根」など、10のキーワードで綴った体験的中国論。文革から天安門事件を経て現在に至る中国社会の悲喜劇をユーモラスに描いたエッセイ。

地図集

董啓章　藤井省三／中島京子訳

中国返還前の香港を舞台に、虚実ないまぜの歴史と地理を織りあげることで「もう一つの香港」を創出する長篇「地図集」のほか、ボルヘスやカルヴィーノの衣鉢を継ぐ作家のオリジナル作品集。